JN283013

乙女♥新撰組

みかづき紅月

illustration ©YUKIRIN

美少女文庫
FRANCE SHOIN

プロローグ　新撰組局長は女の子!?

京の都の治安を守る新撰組《しんせんぐみ》——

その隊士たちは、類《たぐ》い希《まれ》なる剣の腕前をもって、悪人に天誅を下す剣客《けんかく》集団である。

だんだら模様に浅葱《あさぎ》色の羽織の背に誠という文字が白く染め抜かれたいでたちは、衆目の知るところ。

ただし、この物語は、そんな史実に残る新撰組とはまるで異なるもう一つの新撰組の物語である。

夜目にも鮮やかな赤毛の髪を無造作にポニーテールに結《ゆ》いあげた少女は、意志が強そうな瞳をぎらつかせて、山の稜線ぎりぎりに重たげにかかる紅い月を見あげていた。

その手には一振りの刀が握られている。

視線を移した彼女のまなざしの先には四人の子供たちがいた。

無邪気な笑い声をあげて、遊びに夢中になっているようだ。

「かーごめ、かごめ。かぁーごのなーかの鳥ぃはー、いーついーつでやぁるぅー」

風の音一つなく静謐《せいひつ》に沈む真夜中の京の都に物悲しいメロディが響く。

一見、ごくごく普通の光景にも見える。ただし、それが昼か夕暮れ時であるならば。

今の時分は草木も眠る丑三《うしみ》つ時《どき》——こんな真夜中に子供たちが遊んでいるという光景は奇妙であるということを通り過ぎて、不気味さすら感じる。

「よーあけーのばぁんに。つーるとかーめがすーべったー。後ろの正面だぁれ」

尋常ならぬ気配が色濃く漂っている。

だが、怯《ひる》むことなく少女は、一心不乱に遊ぶ子供たちに近づいてゆく。

「おねえちゃん。いっしょにあそぶ？」

子供たちは顔をあげると、人懐っこい丸い目をくりくりさせて彼女を遊びに誘う。

と、一瞬、少女の顔が曇る。

だが、すぐにまた彼女は表情を凍らせると、腰に提《さ》げた刀をすらりと抜いた。

淡い光に覆われた刃が闇に浮かびあがる。

「ここはおまえたちの居るべき場所ではない」

そう言うと、彼女は刀の切っ先で空中に碁盤目の紋様を描きつつ鋭い声で唱えた。

「臨《りん》、兵《ぴょう》、闘《とう》、者《しゃ》、皆《かい》、陣《じん》、裂《れつ》、在《ざい》、前《ぜん》っ！」

唱え終わった瞬間、刀が灰白く光り輝く。

次の瞬間、彼女は迷うことなく、次から次へと子供たちを袈裟懸《けさが》けに斬りつけにかかった。

それは、まさにほんの一瞬の出来事だった。

斜めに闇を裂きつづける閃光が走り、また静寂があたりを支配する。

信じられないといったふうに目を見開いた子供の喉が、悲しそうにひゅうっと音をたてると、その小さな体軀《たいく》がその場に倒れた。

そして、その体を成していた輪郭が闇に崩れゆく。

子供たちは砂塵となり、一陣の風がそれを闇のなかへと散らしていった。

「――悪霊退散、天誅、完了」

少女はそう言うと、そっと瞳を閉じた。

まだあどけなさを残したその横顔には苦悶の色が滲《にじ》んでいた。

だが、すぐにまた彼女は何事もなかったかのように目を開けると、刀を右に一払いして手首をかえし、鮮やかな手つきで鞘へと刀身を収めた。

鍔がチンっという軽い音をたてて、静けさのなか、響き渡る。

彼女が羽織っているだんだら模様の浅葱《あさぎ》色のぶっさき羽織が風にはためく。

その背には、誠という一文字が白く浮きあがって見え、その裾と袖には、白い山形が染め抜いてある。

彼女は目を閉じると、踵《きびす》をかえして、夜の闇のなかへと消えていった。

犬の長い遠吠えが、紺碧の夜空へと吸いこまれていった。


「うはあ、やっぱり都会って、めっちゃ人がいるんだな。しかも可愛い子めっちゃ多いし。ほら、あれだ。京美人……。うひょーたまんねえ」

「まあ、京は都会だしな。都会には人も物も集まるってのが道理だ。用心しないとな。ちゃんと金は風呂敷に包んで腹に巻いとかないと。盗まれたらいけないから」

「って、肇《はじめ》、おまえ、なにブルってんだよ！」

「べ、べべ、別に……。ブルってなんかないぞ」

「どこのツンデレだよ」

夜になると、色とりどりの灯籠《とうろう》に灯がともり華やかさが増す京の祇園《ぎおん》、花見小路《はなみこうじ》を物珍しげに見まわす、いかにもおのぼりな二人組がいた。どこかの田舎から出てきたばかりといった風情だ。

一人は、着崩した着物に好奇心旺盛な瞳を光らせている長身の青年で、不真面目で快活な伊達男《だておとこ》といった風貌をしており、対するもう一人の中肉中背の青年は、その太い眉毛といい、真一文字に引き結ばれた口もといい、真面目という字をそのまま人にしたらこんなふうになるだろうと思《おぼ》しき青年だった。

「な、肇。俸禄が出たら、絶対にここに来ようぜ。俺、あの娘がいいなあ。ほら、見てみろよ。絶対、今、俺見たって。ほら、あの娘。胸超大きくねえ？」

「まだ気が早いっての」

「いやあ、あれさ、絶対にFはあると思うんだよなあ。うは、あの娘もいいな。Eと見た。おっぱいいいよな。おっぱいおっぱい」

花街を艶やかに彩る遊女たちに目移りし放題の肇の悪友、善雄《よしお》は、胸もとをはだけた遊女たちのおっぱいに夢中で肇の言葉なんて聞いちゃいない。

「本当におまえは。そんなに気ぃ緩み放題じゃ、入隊試験にも通らないぞ」

「大丈夫だっての。俺とおまえは村で一、二を競う腕前だしな！」

「村でならな。だが、ここは都だってことを忘れるな。さまざまな村から猛者《もさ》が集まっているに違いない」

「ったく、おまえは本当に気が小せぇってか、心配症だよなあ。そんなんだと女にモテねえぞ？」

「……おまえみたいな軽薄な男に騙されるような尻軽女に興味はない」

「とりあえず、俺はおっぱいが大きいことがなによりも優先事項だ」

「っとにおっぱい星人だな、おまえは」

「しゃらくせえ。おっぱいには男の浪漫《ロマン》がごまんとつまってんだよぅ！」

「おい、こら。あんまよそ見しながら歩くなってば、危ないだろ」

そう肇が言ったその時だった。

善雄が派手になにかにぶつかってよろめいた。

顔をあげると、そこに人相の悪い男がいた。そのいかにもわかりやすい悪人面の浪人に睨まれて、二人は硬直してしまう。

「おめえら、どこに目ぇつけてんだよ！　死にてぇのか！」

「うぉあっ、い、いや、わざとじゃ……」

「大体、どこの田舎モンだよ、てめえら。そんな汚いなりして花街をうろつくんじゃねえよ。てめえらみたいなゴミは俺が粛清してやる。流行の新撰組っぽくなあ？」

いきなり男がにやりと笑うと、腰の刀に手を運んだ。

「え、ちょ、ちょっ⁉　そんなぶつかっただけで……。わざとじゃ……」

「ったく都モンは短気やなぁ。ゆとりっちゅうモンが欠けてるんじゃねえの？」

肇は、なんとか平和的に解決できないかとあわてふためき言葉を探す一方で、善雄は好戦的に刀の柄へと手を運ぶ。

人通りの多い往来というのに、誰もが無関心を装って浪人に絡まれた肇たちになんて見向きもしない。

(こんなことが日常茶飯事ってのか!?)

肇は、周囲を見まわしながら心のなかで毒づいた。都が物騒だということは聞いていたが、早速現実を思い知らされショックを受けてしまう。

と、そうこうしている間に、善雄と浪人は刀を引き抜き、怒号をあげて太刀筋を結んでいた。刀と刀とが灯籠《とうろう》の灯りを反射し、煌きながら交錯して、断続的に火花を散らす。

だが、その時だった。

「――やめぇっ! 花街で無粋なことをするでないっ!」

不意に、勇ましい少女の声がした。

はっと振りかえると、雨が降っているわけでもないのに、番傘を差した少女が不敵な笑みを浮かべてそこに立っていた。顔は傘に隠れて見えない。かろうじて口もとのみが見える。彼女は、丈の短い紫色の着物をまとっていた。ややむっちりとした肉感的な太腿もあらわで、肇は視線をせわしなく彷徨《さまよ》わせてしまう。

その着物の上に浅葱《あさぎ》色の羽織を背負っているといった、侍としては珍しいいでたちだった。

だが、誇らしげに張られた胸のふくらみはたっぷりとせりだしており、その形に合わせて着物に皺が寄っている。着物の合わせ目からは、深い谷間が無防備にのぞいていた。

（女の子、だよな？　なんで男装なんかして――）

肇は突如現われた謎の少女を怪訝《けげん》に見つめつつ、男の動きを警戒する。まさか女子供に大の大人の男が暴力を振るうとは考えられないが、なにせここは都なのだ。自分の常識が必ずしも通用するとは思えない。

「なんだあ、おまえは。男同士のやり合いに女風情が口挟むんじゃねえよ。まあ、ヤらせるっつーなら話は別だがよ」

男は、すごみながら下卑た笑いを浮かべて少女へと近づいた。

だが、少女は逃げだすどころか微動だにしない。

「はっ、クズがっ！」

次の瞬間、そう鋭く叫ぶと、少女は傘を男へと放り投げた。

視界を妨げられ、男は舌打ちすると刀を斜め上へと一閃させ、傘を斬り捨てた。

しかし、次の瞬間、その場に硬直してしまう。

「う、っぐ……」

喉もとに研ぎ澄まされた刀の切っ先が突きつけられていた。

傘の柄に仕込まれていた刀を少女が一瞬の内に引き抜き、男の喉に突きつけていたのだ。その尋常ならざるスピードに周囲は息を呑む。

が、少女の顔を見て納得した。

つぶらな瞳に小柄な身体、どこからどう見ても愛くるしい少女だが、その瞳は怖いくらい凍《い》てついている。京の都の者なら誰でもよく見知った少女だった。周囲は彼女の姿を見た途端、体をすくめてそそくさとその場を立ち去ってゆく。あの傘は、自分の顔を隠すためのものだったのだと知る。誰もが彼女には深く関わり合いたくはないといった素振りをあからさまに見せていた。

「お、おまえは……」

無論、男も少女の正体には気がついていた。大げさなほど、体が震えている。

だが、田舎から出てきたばかりの肇たちは、状況がよくわかっておらず、ただひたすら美しい少女とその剣の腕前に見惚《みと》れていた。

「死にたくなくば、去《い》ねっ！　花街だけは血で汚したくはない」

少女が鋭い声で言い放つと、刀を真横へと振り払った。その動きに合わせて、柔らかそうな胸がふるりと震える。

「ひ、ひ、ひぃいいいいいっ」

男はほうほうの体で逃げだし、人ごみへとまぎれていく。その姿を半目で見送った少女は満足げにうなずいてから、仕込み刀を傘の柄へと仕舞う。

つんと突きでた形のよい大きな胸が、やはりふるふると揺れ動く様に、善雄は完膚《かんぷ》なきまでに釘づけになっていた。

「まったく……。休みの日くらい、のんびりしたいものだが。こういうのを職業病というのか。こういう中途半端なことをしては、カレンにまた叱られてしまうな」

無駄一つない鮮やかな刀の扱いを見て、肇の心臓が早くも高鳴りつつあった。

(す、す、すごい……。この娘《こ》、ただものじゃない……)

村で見たどんな侍の剣の腕前をも凌ぐ動きは、尋常ならざるものだった。

剣の道一本を歩んできた肇は、先ほどの動きだけで彼女が途方もない力の持ち主であることを肌で感じ取ってとてつもなく感動していた。

(俺と年もそう変わりないように見えるのに。しかも女の子なのに、すごすぎるっ)

「あ、あのっ、ありがとうございました」

上ずった声で言い、少女へと勢いよく頭をさげる。

すると、彼女はだるそうにポニーテールを後ろへと払って、こう言ってのけた。

「別に、おまえたちを助けるためではない。ただ、華やかな女たちの街を汚したくないだけだ」

「つかぬことをお尋ね申すが、どこの道場に通っておられるのか。本当にすごい。一度手合わせ願いたい！」

剣のことなると右も左も見えなくなってしまう肇は、顔を紅潮させて、少女へと身を乗りだす。

するとと、一瞬ぽかんと口を開いた少女が尋ねた。

「……ほぅ。どこの道場とな？　おまえ、面白いことを言うな。さては、まだ京へ来たばかりか」

「へ？　なぜそれを？」

「おまえの顔にはなにも知らぬと書いてある。京になにを夢見てやってきたかは知らぬが、よほどの覚悟がないなら去《い》ね。京の都はおまえらのようなガキには向かぬ」

「が、ガキって！　君だってそんなに変わらないはずじゃないか！」

背は肇のほうが少し高いくらいだし、外見はむしろ彼女のほうが子供っぽく見える。

「な、な、なっ！　私がおまえとさほど変わらぬとな!?　どこに目をつけておる」

彼女が、ぱあっと頬を薔薇《ばら》色に染めると、ムキになって食ってかかってくる。ちょっとその様子が思いのほか可愛くて、肇の顔まで赤くなってしまう。

「そ、そりゃ。背とか？　顔とか？　ちなみに先にバカにしたのはそっちだからな！俺たちの覚悟は半端《はんぱ》じゃない！　絶対にあの新撰組に入るって覚悟を決めてやってきたんだからな！」

どもりながらそう言うと、不意に彼女の雰囲気が氷の刃のように変化した。

「ほう……。新撰組にか。面白い！　ならば、特別に今手合わせして、実力を測ってやろう。そのほうが、おまえらのためじゃ」

「え？」

「私がその新撰組の局長、近藤心梨《こんどうしんり》じゃ！　二人同時にかかってこい！　入隊させるかどうかこの場で力を測ってやるわ」

少女は刀を構えて振りかぶりつつ、右足をすり足で前方に出して肇を威嚇《いかく》した。やはりその構えには一分の隙もない。

「え、えええっ!?　き、君が局長!?　こんな女の子だって聞いちゃ……」

「うは、ま、マジかよっ。嘘だろ!?」

肇と善雄はいきなりの展開に顔を見合わせ、あわてふためきつつも腰の刀を抜いた。心梨の尋常ならざる殺気を肌に感じ、身の危険を覚えてのことだ。

「はンっ！　これだから田舎者は。たかがおなごと舐めてかかると痛い目見るぞ！　私は女の身など捨てた鬼じゃ！」

「じゃ、じゃあ……。い、いくか」

正眼《せいがん》に刀を構えつつ、善雄が肇に声をかけるが、肇は首を横へと振った。

「いや、一度に二人は卑怯だ。善雄、先に。俺はあとからやる！」

「おまえら二人なんて、私一人で充分だ！　さあ、来いっ」

心梨は、瞳をぎらつかせて二人に向かって刀をさらに振りあげてみせる。

だが、肇は眉を吊りあげて、断固として首を振りつづけた。

「こ、こ、断るっ！」

「なにっ⁉　貴様、私を愚弄するか⁉」

その態度に、少女の頰がいっそう朱色に染まると、形のよい弓型の眉をきりりと吊りあげて肇を睨みつけた。

「武士たる者、正々堂々と戦うべきだ。田舎侍にだって誇りくらいある！」

そう言いきった肇に心梨は目を細めて笑ってみせる。

「……ほう。最近、腑抜けた男ばかりだと思っていたが、おまえは、なかなか骨があるようじゃ。だが、実力が伴っていなければなんの意味もない！」

果たして、先に動いたのは心梨だった。

左足に力をこめ、一息に間合いへと入りこむと、刀を斜め左右に二振りした。

「ぐあっ⁉」

「っく！　速いっ」

かろうじて斜め後ろに体を開きつつその太刀をかわす二人だが、構え直す前に心梨はすでに大きく踏みこんでいた。

大きな胸がたわみ、丈の短い裾が翻《ひるがえ》って白いショーツに包まれた桃のような瑞々《みずみず》しいヒップがあらわになるのにも彼女は一向にかまわない。

「はっ！　せぇいっ！」

かけ声が空気を裂き、心梨が手にした傘の柄を善雄のみぞおちへと叩きこむ。

くぐもった声をあげて、彼は地面へと両膝をついてうずくまってしまった。

「まずは一人──」

嬉々とした表情で背後を振りかえりざま、刀を右手でしならせ宙に弧を描く。疾風が唸り、刀は肇の袴を切り裂いた。

「くっそおぉおお。せめて一太刀！」

一張羅《いっちょうら》の袴を斬られたままではおかないと、彼は必死に心梨へと斬りかかる。基本をわきまえた力強い剛健な太刀が真上から真下へと振りおろされた。

「はっ、そんな硬い動きでは実戦に耐えぬぞ」

「硬くて悪かったなぁ！　だけど、なによりも基本は大事って言うだろぉお！」

切りかえしの要領で刀を斜め右上から左下へ、斜め左上から右下へと交互に振りおろしつつ心梨へと襲いかかる肇。

だが、彼女は、軽やかに舞うようにして彼の攻撃をすべてかわしきる。

「遅い！」

そう言うと、心梨は傘の柄で肇の喉めがけて鋭い突きを食らわせた。

間一髪のところで頭を後ろにのけ反らせた肇だが、喉仏を力いっぱい殴られ息をつまらせてしまう。

たまらず片膝をついて咳きこむ彼を、心梨は悠然と眺めおろしていた。

「さあ、もうおなごとあなどれまい。己の未熟さを思い知ったならさっさと去《い》ね。おまえみたいな愚鈍な男なぞ、わざわざ京に死ににくるようなもんじゃ」

だが、その言葉が肇の闘志に火をつけた。

「つんだとぉおおお！」

吼《ほ》えるように言うと、猛然と心梨へと体当たりし、たてつづけに刀を振りおろす。

だが、彼女はその体当たりをかわして、身体を翻《ひるがえ》しつつ傘の柄で彼の向《む》こう脛《ずね》を激しく打った。

「まだやるか!?　思い知ったろうに！　このうつけがぁっ！」

肇は、もんどりうって地面に転がり、砂煙があがる。

しかし、すぐにまた立ちあがって、刀を遮二無二真横に振るう。

「まだまだぁああああああああああああ！」

「つく、このぅ。しつこいわぁ！」

自分が傷つくことなど顧みない無茶苦茶な彼に目を剝くも、心梨は彼の太刀筋をすべて見切って冷静にかわしつづける。

だが、何度かわしつづけても肇の攻撃の手が緩むことはない。だんだんと少女の息もあがってしまう。

「もう、いい加減にせぬと、さすがの私も我慢の限界じゃ。斬るぞ！」

肩で荒い息を繰りかえしながら、心梨はイライラと刀を斜め右下へと振りおろしてみせる。鋭く風を斬る音がし、剣圧で舞いあがった砂煙がたなびいて消えていった。

少女の様子が、再びがらりと変わった。

氷のような闘気がその小柄な全身から滲みでており、「もうやめとけ」と幼なじみに忠告しようとした善雄は身震いし、言葉を失ってしまう。

「はぁはぁっ。くそおぉおおおっ！　せめて一太刀。でぇえやあぁあああ！」

「しつこいっ！」

心梨が右手に持った刀を真横へと薙《な》ぎ払った。

そのあまりのスピードに、刀が鞭のようにしなり、肇の腹部を裂いた。

はずだったが、血飛沫《ちしぶき》はあがらない。確実な手応えを得たはずなのにと心梨が見れば、裂いた着物から小判がこぼれ落ちるのが見てとれる。

はっと我にかえった心梨の胸もとに弧を描く刃が迫りくる。

「うぉおあぁあああぁあっ」

肇の怒号があたりに響き渡る。刀の刃が少女の胸をかすった。着物の前合わせが裂けて、豊かな乳房がふるんっと瑞々《みずみず》しく飛びだして大仰に揺れる。そのすぐあとに、勢いを殺せなかった彼自身が突進してくるからたまらない。

「きゃあぁあぁあっ！」

たまらず悲鳴をあげ、心梨はその場にあお向けに倒れこんでしまう。

（なっ、こ、この私が……。こんなクズに。やられるはずなど……）

怒りに身体を震わせながら、すぐに起きあがろうとする。

だが、どういうわけだか力が入らない。

（なぜだ……。なぜ……）

身体が震えているのは怒りのせいだと思っていたが、どうやら違うようだ。

いやな汗が額からこめかみへと伝わり落ち、息も荒くなってしまう。

初めての恐怖に、心梨はただ目を見開いたまま、微動だにできずにいた。

一方、肇もまた、生まれて初めての感触を顔に頬に手に感じていた。

「う、っく……。な、なに……。柔い……」

やや湿った柔らかな肉が頬に触れていた。せりあがった肉丘の間は蒸れていて暖かで。しかも、まろびでたパン生地のようななにかに左手が埋もれている。

（え、えぇえぇえっ！　こ、これってもしかして……）

思わず、左手に力をこめては抜きを繰りかえして、その感触を無意識のうちに試してしまう。すると、「んっ」という、悩ましげな声が少女の薄い唇からこぼれでた。

その途端、肇の心臓がどくんっと太い鼓動を刻む。

(うぉあっ、なぜにこんなことに。俺は、こ、こんなつもりじゃ……)

そうは思うのに体は正直だった。たっぷりの乳肉からまるで磁力が出ているかのように、肇の手を吸いつけて離さない。

すでに、袴の前は猛りつつあり、しかも体を少女に密着した状態で勃起しているものだから、その反応は心梨にも伝わっていた。

(い、や……。あ、なにか……。硬いのが、当たって、る……)

彼女は、唇を噛みしめて足をきゅっと閉じる。ちょうど股間のYの字の交わりに張りが触れていた。子宮の奥あたりが火照《ほて》り、じんわりと蜜が滲みでてくるのを感じる。

袴越しとはいえ、心梨の裾は完全に捲《まく》れあがっているため、ショーツへといきり勃《た》った亀頭が押しつけられ、そのひどく生々しい感覚に総毛立ってしまう。

(こ、こんな……。京の民に鬼と恐れられている私がっ、こんなことで恐怖を覚えるなんて。ありえない……)

そうは思うものの、色濃い恐怖に目尻に涙まで滲んでしまう。それと同時に、身体の奥のほうでずくんっと熱い鼓動が脈打った。

怖いはずなのに抗《あらが》えない。それどころか妙に惹きつけられてしまう。

相反する気持ちに胸を焦がしながら心梨は、はぁはぁっと愛らしく喘いでいた。

(うわっ、なんだか……。息乱れてるし……。か、可愛い、かも……)

怯《おび》えたような顔をして、それでも頬を薔薇《ばら》色に染め、「ん、んぅっ」とつややかな声を控えめにもらしつづける少女の姿は非常に刺激的で。

長い髪の毛が地面へと散らばり、乱れ髪が肩から滑り落ちる様も悩ましい。

そのつもりはないはずなのに、肇は腰をいっそう彼女の股間へと押し当て、胸に頬を擂り寄せては、左手でおそるおそる乳房をこねまわしてしまう。内側から弾けんばかりの弾力を手のひらに感じる。初めて揉みしだくおっぱいは、粘土のように始終形をいやらしく変えつづけ、その肌はきめ細かく手のひらに吸いついてくる。

往来でこんな恥ずかしい真似をするなんてと思いつつも、どうしても男の本能をとめることができない。

むしろ、柔らかさの中央でしこり勃《た》った桜色の乳首が手のひらをくすぐると、下半身がむずむずとし、余計に乳房をめちゃくちゃに犯したくなってしまう。

「あ、ンっ、うぅっ。は、離せっ。この、外道ぉ……。あ、あぁっ」

「う、ご、ごめん。離そうとしてるんだけど、でも……」

息を荒げながらそう言う肇の呼気が汗ばんだ乳房を撫ぜあげたため、心梨は身震いした。その動きに合わせて乳房がたわみ彼の顔をビンタしてしまう。

肇は、そのまろやかな殴打に目を細めつつ、思いきり息を吸いこんだ。少女自身の甘い芳香と、ややミルクっぽい酸味ある香りとが混ざり合った濃厚な芳香に吐息をもらす。

思わず舌を伸ばして、滑らかな肌を味わいたくなる。すぼんだ蕾を思いきり吸いたてたしまいたくなる。

だが、次の瞬間だった。

「局長になにをしますのっ！　この痴れ者っ！」

「ぐふっ⁉」

脇腹に思いきり強い衝撃が走ったかと思うと、肇の体は真横へと吹っ飛んだ。

あまりの痛さに顔をしかめ、声が出なくなってしまう。

だが、突然現われた敵の追撃に備え体を起こすと、片膝を立てて敵を睨む。

そこには、抜き身の刀を今まさに肇へと振りおろさんばかりの美女がいた。彼女が肇の脇腹を容赦《ようしゃ》なく蹴りあげたのだ。

やや吊り目で目つきの悪い彼女は、ラベンダー色の長い髪を腰まで伸ばし、額には紺色の布をきりりと巻いている。きわどいスリットが入った緋色の着物からは肉感的な太腿が惜しげもなくさらされており、着物の胸もとからはさらしで縛められた大ぶりの乳丘がはみでんばかりだ。

出るところは出て、引っこむべきところは引っこむといったメリハリある悩殺ボディが衆目を集め、大人の色香を存分すぎるほどに湛えている。

そんな彼女が、女王然と殺気立って刀を振りかぶっている様は、すさまじい迫力に満ちていた。

「不敬罪ですわ。女の敵。ここで、犬死になさいっ」

よく研ぎ澄まされた切っ先が、今まさに振りおろされようとした時、鋭い声があたりに響いた。

「斬るな！　カレンっ」

「局長!?」

「局長命令だ……。斬るな。花街では血を流すな……。私は大丈夫だ」

局長命令と聞いたカレンと呼ばれた美女は、小さく舌打ちをすると渋々刀を腰の鞘へと収めた。

そして、肇を睨みつけたまま、心梨のほうへと歩いてゆくと、彼女をいたわるように抱き起こして、物騒なことをさらりと口にする。

「私の局長になんてことを……。殺さずにはいられません。それとも、拷問《ごうもん》なさるおつもりですか?　それならば、どうぞわたくしにお任せくださいまし。死んだほうがよかったと後悔するくらいに責めてさしあげますわ」

「いや、大事ない。あやつは入隊志願者じゃ。拷問もなしじゃ」

カレンを安心させようと気丈に微笑んで見せる心梨だが、いつもは血色のよい少女の顔は青ざめており、震えはとまらない。

そこでカレンは、浅葱《あさぎ》色の羽織を手早く脱ぐと、あらわになってしまった彼女の胸もとを優しく覆ってやる。

「ですが、私の局長にいやらしい真似を働いた罪、万死に値しますわ」

「……今回ばかりは、隙を突かれた私が悪い。あやつの根性だけは認めてやらねばならぬ。今回の勝負は私の負けだ。あやつは新撰組に入りたいと申しておる。認める」

「なんですって!? あの男は、女の敵ですのよ！ 冗談じゃありませんわっ！ 局長が負けたと言いますけど、女の弱点を攻めるなどと卑怯極まりないっ」

「隊士に男も女もない！ 大体、私は自分を女だとは思っておらぬ」

「ですが……」

一歩も譲ろうとしない心梨になおも食いさがろうとするカレンだが、その彼女の肩をぽんぽんと叩く幼い少女がいた。

「カレン、局長の命令は絶対だよ。一つ、士道にそむきまじきこと。士道のなかでも、特に大事にすべきは誠の心。負けは負け。よって、誠意を持って認め、先方の希望を呑むべきだって、ね？ それに、ついでにも一つ、私の闘争を許さずとも言うしね？」

それは、長刀を腰に差した少女だった。やはり彼女も、カレンと心梨と同じく浅葱色の羽織をまとっている。

「沖田《おきた》、あなたはいつもそう理屈ばかり……」

「だって、みんな血の気が多いんだもん。あたしくらいが、理屈こねないと、新撰組はただの無法者の集団になっちゃうでしょ？　知ってる？　結構、評判悪いんだよ？　ただでさえ退魔の力なんて気味悪いもんだし。一般人にもわりかし容赦《ようしゃ》ないしね～」

飄々《ひょうひょう》とした素振りで肩をすくめると、沖田と呼ばれた少女は小さく舌を出した。

大きなピンク色のリボンが、長い栗色の髪を二つに分け、高い位置で束ねている。毛先がくるんとカールしており、少女が首を傾《かし》げると愛らしく揺れる。心梨とよく似た丈の短い着物を着ており、白いロングタイツがまだ未成熟な太腿の絶対領域の肉をわずかに押しだしている。

そのあまりの背の低さから、一見、なにも知らないおっとりとした無垢な子供のようにも見えるが、賢《さか》しらに煌く瞳が彼女が只者ではないということを示していた。現に、十以上は年齢が離れていると見てとれるカレンを見事に言いくるめてしまっている。

「なにを言いますの!?　私たちは京の治安維持のために命を賭して、悪霊を退治していますのよ！　感謝こそされ、憎まれる筋合いなんてありませんわっ！」

「でも、そういう大義名分を掲げて好き放題やるってのは違うんじゃないかなあ？　傍目から見れば、子供を斬る容赦ない集団と思われててもおかしくないし」

これでは、どちらが年上だかわからない。カレンは、押し黙ってしまうと、心梨を横抱きにして立ちあがった。

「……ふんっ。勝手にするといいですわっ！　でも、私は絶対に認めませんわ。新撰組に入れるならば、いびっていびっていびり倒して、いられなくしてあげる」

サドっ気をあらわにした彼女は不敵に微笑むと、ようやくその場に立ちあがったばかりの肇を睨みつけた。

「ハイハイ。じゃ、先に帰っておいて。新人の面倒はあたしが見るからね～」

ひらひらと手を振って、その場から去っていったカレンの背を見送ると、沖田はくるりと肇たちのほうを向いて人なつっこい笑顔を浮かべてみせる。

「んじゃ、おにーちゃんたち、新撰組の屯所に案内したげるね。あたしは沖田《おきた》奏音《そうね》。奏ちゃんって呼んでねっ」

どこからどう見たって、年相応の無邪気な美少女にしか見えない。しかも、線が細くどこか頼りなげで護ってあげたくなるような雰囲気をかもしだしている。先ほどカレンと堂々とやり合っている彼女とのギャップに肇はうろたえてしまう。

「は、はあ……」

「……っち、Aカップってとこか。範囲外だぜ」

肇ががむしゃらに心梨に挑みかかっている時には、ちゃっかり安全な場所に避難していた善雄がいつの間にか戻ってきて低い声で呟く。

「こら、善雄。早速、どこチェックしてんだよ。失礼だろが！」

「どこって決まってんだろうが！　おっぱい星人、なめんじゃねえ。てか、肇。おまえさああ、さっきの抜け駆けはひでぇぜえええ！　いきなり、俺に黙ってBデビューって許せん。断じて許せんぞ！」

「あ、あれは事故だっての……」

「うそこけ。最後ら辺、能動的に動いてたの知ってんだからな！　くそ、めっちゃうらやましすぎるぜぇえっ。俺も、俺もBデビューしてぇよ！」

「……おまえなあ」

肇はあきれ顔で幼なじみを見やる。

「それにしても、お兄ちゃん。かなり度胸あるねー。あの局長相手に、殺されるかもしれないのに挑みつづけるなんて。あたし、気に入ったよ」

「無我夢中になると、まわりが見えなくなるっていうか……。その、ども……」

十かそこいらの少女にも、肇はしゃちほこばって頬を染めてしまう。

そんな彼を見て、奏音はふふっと笑った。

「そんな命知らずなとこは新撰組にぴったりだと思うよ。局長、近藤心梨と副長、土《ひじ》方《かた》カレンともども、いろんな意味でよろしくね」

「え、えええ……。じゃ、本当に……」

さっきやり合った心梨という少女が近藤局長で、その後、肇を容赦なく斬り捨てようとしたキツい感じのカレンという女性が土方副長で……。

そして、目の前にいる少女が沖田隊長で……。

最初こそ信じられないという気持ちばかりが先行していたが、少女たちの剣の腕前といい、身体にまとったすさまじい殺気といい、この話の運びといい。

信じないほうが、むしろ無理があるのだ。そこで、肇は肩をいからせたまま腰を直角に曲げて、勢いよく頭をさげて礼をした。

「いやっ、こちらこそよろしくお願い致します。お、沖田隊長っ」

「あぁ、名前くらいは知ってた？　まあ、たしかに隊長だけど、奏ちゃんでいいってば。あたしのほうが年下なんだし。まだ十二なんだよ？」

新撰組の局長、副長の名はもとより、一番隊組長であり、天才剣士との誉《ほま》れ高い沖田の名もまた片田舎にも轟《とどろ》いていた。

だが、まさかその本人に、「奏ちゃんでいいって」とか言われるなんて、思っても見なかった肇だ。一瞬、面食らってしまうものの、はっと我にかえって首を振った。

「剣の腕前に年上、年下は関係ありません！」

彼がそう言いきると、一瞬、目をしばたたかせた奏音は思わず吹きだしてしまう。

「な、なにがおかしいですか⁉」

ムキになってくわっと目を見開く肇に向かって、彼女は手を振ってみせると笑いを懸命に堪えながら弁解した。

「いや……。なんだか局長に似てるなぁって思って。すっごく真面目なんだよね」

「お、俺が、いやっ、私が局長に似ているとっ⁉ め、め、めめ、滅相もないっ！」

「ぷぷっ、お兄ちゃん、本当に面白いね。ますます興味出てきた」

そう言うと、奏音は肇の腕に手を絡めて顔をすり寄せた。

甘い少女らしい香りがほんのりと彼の鼻腔をくすぐり、ささやかなふくらみが腕に押し当てられ、ますます肇の顔が赤らんでくる。

「よっし、じゃあ、屯所に行くよぉ〜」

甘えた素振りを見せながら、奏音が小さな拳を突きあげてみせる。

すでに、花街には元通りの活気が甦っていた。

第一幕　女の園でシゴかれて……

1　ドキドキの毎日

「えー。こほん、今日は皆に新しいお友達を紹介しますっ！」

まるで、子供に言い含めるような口調で、どちらかと言えばそんなふうに話しかけられる側であろうちびっ子、奏音がずらりと居並んだ少女隊士たちに告げる。

「…………」

少女たちの視線の先には、二人の青年がいた。一人は顔を真っ赤にして怒ったように宙を睨み、もう一人はあからさまにいやらしい視線を少女たち（主におっぱい）に向ける軽薄そうな青年である。

その対照的な二人に、興味津々といった視線を向ける少女たちは、一様に浅葱《あさぎ》色の羽織を着用している。丈は短かったり長かったり、あまつさえ袖にレースが縫いつけられていたりと、年頃の少女ならではのアレンジが目を引くが、袖に白い山形が連なる紋様と、羽織の背後に誠の文字が白抜きされているのは変わらない。

彼女たちこそが、遠い村にも抜群の知名度を誇る新撰組の隊士たちであった。

「わあ、ほんっとに男の子が入隊するんだあっ」

「見てみて。あの右の子、顔真っ赤ですっごく可愛い。シャイな感じぃ」

「左の子のほうがあたし好みかも。結構イケメンじゃなぁい？」

少女たちはきゃあきゃあとはしゃぎまくっている。

よもやこれが天下の新撰組の実情なのかと肇はひたすら激しく困惑していた。

京の治安維持を任された凄腕の剣士たちの集団とばかり思っていた彼にとっては、なにもかもがカルチャーショックだった。

（こ、これが新撰組……。嘘だろう……）

少女特有の甘い香りが道場のなかに満ち満ちていて、思春期真っ只中の彼は軽く眩《め》暈《まい》すら覚えてしまう。そこはまさに肇にとって異世界に他ならなかった。

（よくもまあ、あんなにしゃべることがつきないな……）

女の子というイキモノが集まると、こんなにも場が沸くことや、女の子が早朝の小鳥のさえずりよろしくしゃべくりまくるイキモノだとも彼は知らなかった。

愛想よく笑って少女たちに手を振る善雄の神経を疑ってしまう。

と、その時だった。

「――静かにせんかっ」

道場に居並んだ少女隊士たちを一喝したのは、くだんの局長、近藤心梨だった。

彼女の鋭い声が響き渡った途端、今まで賑やかだった場内が嘘のように静まる。

あの喧騒をたったの一言で静めてしまった彼女を、肇は尊敬の念をこめて見つめる。

彼女だけは他の少女たちとは違うと感じてほっと胸を撫でおろす。

「斎藤肇、松本善雄の両二名が、本日より新撰組へ入隊する。とはいえ、例外なく仮入隊の身。皆は先輩としていろいろ教えてやってほしい」

心梨が厳格にそう言うと、最前列に座っているこれまた大きなおっぱいの持ち主が、茶色の大きな瞳をいたずらっぽく輝かせて、身体をしならせて尋ねた。

「いろいろってどこまで教えちゃっていいんですかあ?」

その言葉に、少女たちは一気に沸く。「やぁだぁ、えっち!」とか、「どこまでしちゃうの!?」とか、あれこれ妄想を誘う台詞《せりふ》が彼女たちの間を行き交うのが肇たちにも駄々もれで……。善雄は興奮気味にガッツポーズをとって見せるものの、肇はと言えば、もう耳まで真っ赤になってしまい卒倒寸前だった。

「ええいっ。静まれっ！　静まらんかっ！　不純異性交友は今までどおり禁止じゃ。色事にうつつを抜かす暇があれば、少しでも剣の腕前を磨くがよい。我らの使命は、一にも二にも京にはびこる悪霊を退治すること。即《すなわ》ち、是《こ》れ天誅――」

「えー。でも、局長！　乙女には恋も大事だって思いますよー。ねえ、隊長」

先ほど刺激的な質問をしてきた少女が、奏音へと話を振る。

すると、彼女はいかにももっともだとうなずきながら、見た目の幼さに反してわかったような口を利《き》く。

「ん～。そだね～。恋愛ってのは、いろいろ角も取れるしねぇ～。イイんじゃないかな。うんうん、恋せよ乙女ってねぇ～」

「……うっ、うるさいっ！　いっ、いろいろ角が立っていて悪かったな！」

憮然とした表情で腕組みをすると、心梨は吐き捨てるように言った。どうやら、彼女はからかわれ慣れていないらしい。子供のように口を尖《とが》らせて頬をふくらませる。

「別に局長のこと言ったわけじゃないのにねえ～？」

くすくす笑う少女隊士たちに向かって肩を大仰にすくめてみせる奏音に向かって、彼女はがるると唸った。

「う、う、うるさいっ！　すぐにそうやって年上をからかうなっ！」

「……はぁ、局長。可愛いっ。可愛すぎますわ」

奏音に向かっていっそうムキになる心梨を熱く見つめつつ、カレンは、目を細めて頬を薔薇《ばら》色に紅潮させほうっと熱いため息をついた。まったく、いちいちいろいろと突っこみどころが多すぎる面々だなと肇は思う。

「私のことはどうでもいいっ！　ほら、おまえたち、なにをぼーっと突っ立っておるか。自己紹介くらいせえっ！」

どうやらいじられキャラらしい局長は、局長の面子もあることだし、新入りの前でこのままいじられたままでなるものかと肇と善雄に命じた。

「っちょ、いや、いきなり振られても……」

「よっし、じゃあ、ここはいっちょ俺から行くぜ。俺は松本善雄っていいます！　京には出てきたばっかです！　なにも知らないんで、手取り足取り腰取り教えてください！　好みのタイプはかっこいい女の人です。ちなみに彼女、絶賛募集中です」

よどみなく言うと、善雄は白い歯をさわやかに輝かせ、乙女たちへと向かって恭《うやうや》しく一礼してみせる。その洗練された仕草は、医者を親に持つ彼の育ちのよさをうかがわせ、乙女たちからも歓声があがる。そんないわゆる伊達《だて》男候補まっしぐらの幼なじみを眩しく見やりながら、さて自分はなにを言おうかと肇は途方に暮れてしまう。

だが、善雄に小突かれて、ええいままよとぶっきらぼうに挨拶して頭をさげた。

「えと、俺は、そのっ。斎藤肇っていいます。よ、よろしくお願いします！」

先ほどの大人びた少女たちを中心に、やたら色気過多な隊士たちが笑いながら真っ赤になった肇に声をかけてくる。

「かわいー。肇クンっていうよりもまじめクンって感じよねぇ」

「まじめクンってあだ名、いいかも～。好みのタイプはぁ？」

「こ、ここ、好みのタイプですか⁉　う、うーん。そうです、ね。優しい人とか、こう料理が上手だったら……。いいかなと……」

急に尋ねられ、答えを用意していなかった肇は、無難な回答を懸命に探すとあわてふためきながら言った。

「うわー、すっごく謙虚。イマドキの若者にしてはめずらしいよねえ～」

「…………」

お姉さま隊士たちに黄色い声をあげられていじられる肇は、頑《かたく》なな表情のまま、眉をひそめて険しい顔をしたまま直立したまま微動だにしない。

（くそぉ。なんで、おめーのほうがウケいいんだよっ）

（しっ、知るかっ！）

善雄に恨めしそうに睨まれるも、知ったことかと彼は顔をそむける。

そんな彼らを半目になって眺めていた心梨が、はぁとため息をついて手を打った。

「よし、じゃあここまでっ！　早速練習に入るぞっ！」

彼女がそう言うや否や、少女隊士たちの顔から途端に笑みが消える。

「一堂、瞑想っ！」

カレンの凛《りん》とした声が道場に響き渡り、少女たちは目を閉じた。

さっきと打って変わり、水を打ったような静けさがあたりへとひろがってゆく。

肇は、乱れまくった心を瞑想で落ち着かせながら、何度も腹式呼吸を繰りかえす。

やがて、千々に乱れた心がまとまって集中力が戻ってくるが、彼は、どうしてもいろんな意味でとんでもない場所へやってきてしまったなと思わずにはいられなかった。

しかし、その一方で、この女だらけの新撰組でなにやらうれしいハプニングがあるかもしれないという青年らしい淡い一抹の期待も抱いてしまうのだった。


「しかし、驚いたよな……。まさかあの新撰組が女の園だったとは」

屯所の庭にしつらえてある井戸の傍で頭から水をかぶると、派手に水滴を周囲に散らしながら肇が善雄に話しかける。

さわやかな風が吹き抜け、陽の光が燦々《さんさん》と降り注いでいるなか、二人は水浴びをして、汗を流していた。

「瓦版《かわらばん》の似顔絵とかまったく嘘だよなあ……。どう見ても、凛々《りり》しいお侍だったが。胸だってあんなに腫れていなかったし。まあ、見目よいお侍だとは思ってたが、よもや美少女たちだったとは……。浅葱《あさぎ》色の羽織を見ればすぐにわかるだろって指摘されていじられたけど、瓦版とか墨絵だしさ。わからないよな」

二人の故郷は、人里離れた山奥にあり、山越えをする旅人たちによって時折もたらされる情報こそがすべてだった。

そして、彼らが置いてゆく瓦版《かわらばん》を見て、肇たちは新撰組の想像を逞しくしていき、今に至るのだった。

京の都の平和を護る正義の味方――

都にはびこる悪人どもを刀一本でねじ伏せ、弱きに代わって天誅を下す集団は、男なら誰しも憧れる存在だった。肇たちもその例外ではなかった。

近藤局長、土方副長、沖田隊長の名前は、無論知りすぎるほど知ってもいたし、正直そのすさまじい剣の腕前に憧れてもいた。

だが、まさかその三人が女性だとは思ってもみなかったのだ。いや、三人どころか、隊士全員が女性だとは寝耳に水も通り越して、中耳炎《ちゅうじえん》になってしまいそうだ。

「しかも、京のならず者を倒す剣客《けんかく》集団だと思いきや、その実態は京にはびこる悪霊を倒して霊的治安を維持する集団とは……」

新撰組へと入隊し、新撰組の存在意義について奏音から改めて説明を受けた二人は、本当の新撰組がどんなものかを知り、正直驚きを隠せずにいた。

それは、今まで彼らが知っている新撰組とはまるで異なる集団だった。

「その悪霊ってのが、十年前の大戦《おおいくさ》の際に死んだ子供たちってんだろ？　てか、そんなもんほんとにいるとはねえ。京は日本国を護る霊的にも要《かなめ》の地ってことは有名な話だが、マユツバだと思ってたぜ」

悪霊たちは、その「守護の力」を脅かす存在なのだという。ゆえに撲滅する必要があるらしい。

「善雄、おまえって妙なことに関してはいっつも詳しいよな」

「一応、貧乏医者とはいえ、医者の息子なめんな。こちとら、望んでもいねえのに家庭教師つけられて、あれこれみっちし仕込まれてんだ。はぁ、どーせなら、女のかてきょーがよかったぜ。おっぱいおっきいカレンさんみたいなよ」

「本当におまえはダメだなぁ……」

相変わらずアホなことを抜かす善雄に呆れたように目を細めつつ、肇は渋い顔をして心のなかで呟く。

(局長たちが凄腕の剣客ということだけは噂に違わないようだが……。果たして、やっていけるのだろうか……)

退魔という特殊な任務に携わることからして、ただ剣の腕を磨けばよいというものでもないらしい。奏音が言うには、さまざまな修行を通して退魔の技術を体で覚えこんでいかねばならないのだという。

しかも、悪霊とはいえ、子供を斬らねばならないのだ。

あくまでも想像するしかないが、悪人を斬るならまだしも、自分が子供たちを斬る光景をどうしても肇は想像できずにいた。

黙りこくってしまった幼なじみの肩を叩くと、善雄はウインクしてみせる。

「まあま、うれしい誤算じゃねえか。稽古中なんざ、右見ても左見ても揺れるおっぱい満開だぜ！　役得役得。いやぁ、本当に肇と幼なじみでよかったぜ！」

「ったく、おまえはいつも調子いいよなあ。さっきまではもう死ぬ。こんなしごきはまっぴらごめんだ。故郷《くに》に帰るとか言ってたくせに……」

新撰組の名は伊達《だて》ではなく、その剣術の稽古はたしかに過酷極まりなかった。

基本稽古が終わる頃には、何度も足がもつれ失神しそうになるも、かろうじて二人は踏ん張っていた。練習が終わる頃には、吐き気すら覚えるほどの厳しさで、脱退する者が多いというのも充分うなずける内容だった。

「調子いいって言うけどよぅ、人の心っつーのは変わりゆくものだろ？」

「おまえはころころ変わりすぎなんだよ」

「おう、カレンさんに踏まれるのは快感になってきたぜっ！」

「そりゃ……。おまえ、ヤバい方向に変わってってないか？」

頬をひくつかせて突っこんでくる肇を、善雄は軽く睨んで恨めしそうに言った。

「てか、おまえさ、ずるいぞ！」

「なにがだよ」

「局長と副長にちやほやされまくってるじゃねえかよ！　それどころか、お姉さま隊士たちにもちやほやされる始末！」

「……ちやほやって。どう見ても、局長たちのあれはしごきだろが。他の隊士も、ただからかってきてるだけだし……」

「くそぅ。俺も、俺だって、しごかれたいっ！　てか、局部的に」

「っぷ！　おまえ、本当にアホだろ!?」

あからさまなしごきのせいで、どこもかしこも筋肉痛で全身が軋んでいた。おまけに手も足も痣《あざ》だらけで、一見悪い伝染病にでもかかったのじゃないかとすら思える。それほどまでのしごきすらうらやましいと言ってのけられる善雄の神経を肇は疑う。

肇は、新撰組に入ってからというもの、毎日の稽古で心梨とカレンに集中砲火を浴びるのが常という毎日を送っていた。

他の隊士たちの話によれば、元々、新入りはしごかれるものだそうだが、それにしたって他の新入りたちの五割増は激しい稽古をつけられていてかわいそうと哀れみの目を向けられている。

と、その時だった。

「あー、いたいた！　まじめクンたち！　やっほー。探したよー」

お姉さま隊士たちがわらわらとやってくると、肇と善雄を取り囲む。甘酸っぱい少女たちの香りがその場に満ちる。

善雄は鼻の下を伸ばし、肇は身構える。

「な、なんですか!? 先輩たちっ」

「へぇ～、まじめクン、わりとイィ体してるんだあ。おいしそー」

そう言うと、彼女たちの一人が人差し指でつんっと彼の乳首を突っついた。

「や、やめっ、やめてくださいっ。う、あ」

思わずびくりと反応してしまう肇を見て、からからと笑ってはしゃぐ。

「やぁん、かっわいぃ。ホントに苛めたくなっちゃう～」

「ほんと可愛いし、頑張り屋さんだしねえ～。局長や副長にあれだけしごかれても必死に立ち向かうなんて、ホントえらいよねえ～。お姉さん、誉めてあ・げ・る」

そう言うと、肇の頭を撫でてくる。

馬鹿にされているような気がしつつも、どこかうれしいという気持ちも拭えない。

肇は口を真横に引き結んだまま、複雑な表情をしてその場に硬直していた。

「で、さ。早速、新入りのお仕事なんだけど～。これ、洗っといてくれる?」

「へ?」

お姉さま隊士たちが、意味深に笑うと、後ろ手に持っていた山ほどのなにかを肇へと押しつけたのだ。

それを見て、彼の顔がタコのように茹《ゆ》だる。

「ちょっ！　うわっ、わわわわわっ！　こ、コレっ！　うわわわわわ」

光沢のある滑らかな布地は、まぎれもなく女物のショーツだったのだ。

あわてふためいた肇は、その色とりどりのショーツたちを取り落としてしまう。

「あーあ、ショーツって高いんだからねえ～。もっと大事に扱いなさい」

「肇、馬鹿っ！　なぜ俺にパスしないっ！」

「……まじで勘弁だって」

幼なじみとお姉さま隊士たちの板ばさみになった肇はげっそりとした顔で呟く。魂が半ば抜けでてしまっているかのようだ。

「じゃ、ちゃんと手洗いしておいてねえ～！」

「やらしーことに使っちゃダメよ？」

そんなことを口々に言いながら、彼女たちは足取りも軽くその場をあとにする。

残された善雄と肇は、地面に落ちたショーツを拾い集める。

レースがついた官能的なショーツもあれば、パステルカラーの柔らかな肌触りのショーツがあったり、リボンがついた少女らしいものがあったりと華やかだ。

「うわ、まじでたまんねえ……。ほれ、見てみろよ。肇……。痕……」

「う、うん……。って、ダメだダメだダメだ！　そんなに見ちゃ」

ショーツのクロッチ部分に白っぽい滓《おり》がついていて、それを食い入るように見つめる善雄を叱るものの、肇の語気にはまるで覇気がない。

やや甘酸っぱい濃厚なかぐわしい香りが立ち昇るショーツを思いきり嗅いでみたいという本能的な衝動に駆られてしまう。

だが、どこに誰の目があるか知れない。ここは乙女の園なのだ。

股間が硬さを帯びるのを感じつつも、肇は本能に抗《あらが》う。

「うわ。こんなの誰が穿くんだ……」

不意にショーツの山からひときわ玉虫色に輝くゴージャスな下着を善雄が摘みあげると、そのヒップのところには妙なキモ可愛いひよこのキャラクターの刺繍《ししゅう》が入っていた。

しげしげとそのひよこを見ていると、不意に猛然と彼らの下へとダッシュしてきて、善雄の手からショーツを高速でもぎとった人物がいた。

「な、なっ、なにをっ！　あなたたちっ！　なにをしてますの！」

「か、カレンさ……。いや、副長……」

「ようやく本性が出ましたわねっ！　お、女の敵っ！　成敗してくれますわ！」

「いやっ、ち、違うんです。洗い物頼まれただけでしてっ」

「——言うに事欠いてそんな言いわけ。聞く耳など持ちませんわっ！」

激怒したカレンが、刀を引き抜こうとした。

が、善雄たちの疑惑の視線にはっと気がつき、思い直したように、手にしたショーツを懐中に入れると、他のショーツを尻目に、「ふんっ」と言い捨てて長い髪を後ろに払いながらその場をあとにしたのだった。

呆気に取られた善雄と肇は目を合わせると、おそるおそる、とある憶測を同時に口にする。

「まさかあれ、副長のじゃ……」

「……そういうギャップも萌えるぜ。おっぱいでかいうえに普段はかっこいいかと思いきや意外な一面か。たまんねえじゃねえか。俺的にツボだぜ……」

「おまえ、絶対趣味変だろ」

「なにを!?　ギャップのある女っつーのは最高だぜ？　ほら、局長だってそうだろ。おまえ、結構ツボってるくせに」

「う、うるさいな！　べ、別に……」

「すぐわかるっつーの。どんだけ長い腐れ縁だと思ってんだよ。局長もおっぱいでかいのに顔は子供みてぇだし、厳しいと思いきやいじられキャラだし。ギャップの塊《かたまり》じゃねえか！」

「そ、それは……」

にやにやといやらしい笑いを浮かべて肩を組んでくる悪友に、思わず肇が口ごもってしまった時だった。

「――誰のなにがでかいじゃと？」

不意に話題にのぼっていた当の本人、心梨の声がしたもんだから、善雄は縮みあがり頭のてっぺんから声を出す。

「ひ、ひぃっ、い、いや。なんでもないっす！」

「ちょっ……。善雄……」

善雄の逃げ足の速さだけは天下一品だけあり、肇が彼をとめようとした時には、すでに彼の姿はそこになかった。無論、下着の山とともに――

肇は肩を落とすと、ゆっくりと声がしたほうを振りかえる。

「ふんっ、さてはあやつ、あれくらいのしごきでもう音をあげたか？　おまえも田舎に帰るのなら今のうちだぞ」

見れば、新撰組のシンボルでもある浅葱《あさぎ》色の羽織を脱ぎつつ、汗を拭う心梨が井戸に向かって歩いてきていた。柔らかそうな剥きだしの二の腕につい目が奪われる。胸が大きすぎるせいで、腕の付け根から乳肉が少々はみでている様も仄かにいやらしい。

「なんのこれしき。それに、局中法度には、脱退を認めない旨もありますし……」

汗ばんだうなじに黒髪を張りつかせ、軽く息を弾ませた彼女をまっすぐ見ていられなくて、肇は視線を逸らしながら呟いた。

つい、彼女を押し倒してしまった時のハプニングを思いだしてしまう。彼女の巨乳の滑らかな柔らかさが手のひらに生々しく甦り、懸命に声を堪えていた悩ましい表情も脳裏に浮かぶ。剣術の稽古の際には、常に隊士を厳しく叱咤している彼女からは想像もつかない声で。その声を思いだすたびに肇は得体の知れない獰猛《どうもう》な気持ちに襲われ、ぞくりと身震いする。

「ほう、本当におまえは真面目な奴だな。例外のない法などないぞ。それにおまえらはまだ正規隊士ではない。隊士候補という身分じゃ。脱退は認められる」

心梨が苦笑しながら彼の傍へとやってくると、井戸から水を汲みあげる。ほどよく鍛えられた筋肉が浮かびあがり健康的な色香を放っていて、肇はつい見惚《みと》れてしまう。また、汗と少女ならではの甘くかぐわしい香りとが混ざり合った香りを意識すると眩暈《めまい》すら覚えてしまう。

肇は、努めてそれを意識しないように、水で濡らした手ぬぐいで顔を力いっぱい拭った。

「で、ですが、それを局長が口にするのはどうかと思います」

「……ふんっ。面白みのないやつじゃ。不真面目な行為は働くくせに」

面白くなさそうに口を尖《とが》らせて、心梨は肇を上目づかいに睨みつけてくる。

すると、彼は面白いくらいにあわてふためいて口ごもってしまう。

「あ、あれは……。そのっ、いや……。あの時のあれは、本当にすみません……。わざとでは……」

だが、ずっと彼女に謝らなければならないと思いつつも、すでにすんでしまった話をぶりかえすのも気がとがめてなかなか言いだせなかった言葉を口にする。

普段の自分は善雄のように軽薄な男児ではないのだと、あの時しでかしてしまったことはわざとではなく不可抗力だったということが心梨に少しでも伝わるようにと必死だった。

だけど、必死になればなるほど、ひどくかっこ悪いような気もする。

こんなふうに、結局あれこれ考えてしまい、なんの行動にも移せない。

「ははっ、わざとやったのだったら、今頃生きておまえはここにいない」

肇をからかうのが面白くて仕方ないといったふうに言うと、心梨はポニーテールを無造作に解いた。同時に、たっぷりの髪が宙にひろがり、衣擦《きぬず》れのような音をたてて背中に滑り落ちていった。

彼女自身の香りがより濃厚に立ち昇り、多感な青少年としては、どうしても意識せずにはいられない。肇は、たまらず彼女に背を向けてしまう。

「さ、左様ですか……」

「ただ一つ、忠告してやろう。あれは運じゃ。おまえの実力なんかでは断じてない。私に一度勝ったくらいで思いあがるな」

口調こそクールだが、悔しさを端々に滲ませた彼女の言葉に、彼はつい吹きだしてしまいそうになる。

「……む、なにがおかしい？」

「いや、別に。実力で勝ったなんて滅相もないこと思ってませんし」

心梨に背を向けたまま、体を震わせながら笑いを懸命に堪《かし》える。

それを見た彼女は、どこか納得いかない様子で首を傾げながら手桶《ておけ》に手ぬぐいを浸した。

「ならばいい。謙虚な姿勢は大事じゃ」

そう言った彼女に自分の決意のほどを伝えようと振りかえった肇は、目の前の光景に度肝を抜かれてしまう。

「でも、いつか実力で勝てるよう頑張ります。って、え、う、おあぁああ!?」

「なにを素《す》っ頓狂《とんきょう》な声を出しておるのだ？」

「い、いや……。そ、その……。な、なんでそんなカッコ」

「なんでもなにもなかろう。汗を拭きにきたのに、着物を脱がずしてどうする？」

なんと、心梨は着物の上半分を脱ぎ、手ぬぐいで身体を拭いていたのだ。

太陽の光を絹のような光沢を放つ肌が弾き、自ら発光しているかのようだ。重力に逆らって誇らしげに突きだされた形のよい乳房が彼女の動きに合わせて揺れている。

乳房の先端には桃色の突起が柔らかな弧を描いていた。ぴんっと尖《とが》った状態ともまた違ったマシュマロのようなそれに、妙にむしゃぶりつきたい衝動に駆られてしまい、肇は体を強張《こわば》らせた。

「って、お、俺、わわ、す、すみませ……」

視線の運びどころに困り果てた肇は、視線を彷徨《さまよ》わせては心梨のセミヌードをつい見つめてしまい、またあわてて視線を彷徨わせる。

そんな彼を、心梨は堂々とした面持ちで見据えた。

「なにを恥ずかしがる?」

「な、なにをって……。そ、そりゃ……。あ、当たり前じゃ……」

「剣を交えた時も言ったであろう? 私は女であることを捨てた鬼。女と思ってはおらん。だから、花街での一件も断じて気にはしておらん。おまえも私を女と思わないほうがいいぞ」

その言葉は、肇に言うというよりもむしろ自分に言い聞かせるようだった。断じてというあたりが妙に強調されている。

だが、それに気づく余裕は肇にはまるでなかった。

「で、でで、ですが、そ、そんなの無理です……」

耳まで真っ赤になると、肇はふらふらとよろめいて膝を折って、その場に座りこんでしまう。情けないと思うも、腰が抜けてしまい、立ちあがることができない。局部的には勃《た》っているが、それが彼女にバレやしないかと、肇は気が気ではなかった。

(女と思うなって、そんなの絶対無理だ！　思いっきり女の身体してるし……)

思わず、ごくりと生唾を呑みこむ。

いけないと思いつつも、惜しげもなく目の前にさらけだされた心梨の裸体の隅々まで見つめてしまう。ほっそりとしたうなじに鎖骨、くびれたウエスト、ふんわりと大きく発達した張りある乳房——

どれをとっても女らしいことこのうえない。意識するなというほうが無理がある。

(……っく。このたわけが。意識するなと言ったのに、そんなにじろじろ見るな)

一方、心梨も、あまりにも熱い彼の視線を意識せずにはいられなかった。

肇の視線が、全身に、ことに胸に注がれているのがわかる。それを感じると、彼に押し倒され胸を揉まれた時の記憶が甦ってくる。

すると、不思議なことに、自然と乳首の硬さが増してしまう。肌が粟立ってしまい、胸の奥が熱くなってくる。羞恥の感情など芽生えないはずの彼女の心臓が、しきりに速いビートを刻みはじめていた。

　自分は、女であることを意識していない。だから、恥ずかしいことはなに一つされていないのだと肇に主張しようとしてこんな大胆な行動に出た心梨だが、かえって逆効果であることに今さらのように気づいてしまう。

（そんなはずはない。女であることを意識するなど、あってはならぬことだ）

　そうは思うものの、身体は自然と反応してしまう。悩ましく狂おしい切ない感覚を鉄面皮で隠すものの、薔薇《ばら》色に染まってしまう頬はどうにもできない。

　胸を隠したい衝動に必死に抗《あらが》いつつ、心梨は努めて冷静に言った。

「禊《みそぎ》をするに集中できぬ。去《い》ね。今日は重要な任務をこなさねばならぬゆえ、邪魔立てまかりならぬ」

　同い年くらいの少女であっても、彼女は局長であり女を捨てた鬼なのだと思いこもうとする肇だが、どうしても少女の裸を意識してしまう。

　しかし、持ち前の生真面目な性格が、局長の任務の邪魔をしてはならないと頭をもたげ、彼は少女の身体から視線をはずすと、井戸にかけておいた道着を手にとって、彼女へとかけてやる。

「な、なんの真似だ!?」

　まさかそんなことをされるとは思ってもいなかった心梨は戸惑いを隠せない。

「いや、その……。一応……」

「お、女扱いするなと言っただろうっ？」

「そんなの急には無理ですっ！　ではっ！」

頬を染めて肇を責めるように言う彼女に向かって肇は強く言ってから、同じく井戸にかけておいた袴をわしづかみにして勢いよく頭をさげた。

そうして、そそくさと逃げるようにその場から去っていく。

「……阿呆が」

ただ一人その場に残された心梨は小さく呟くと、手桶《ておけ》を頭の上へと運び頭から冷水をかぶった。

水が彼女の艶やかな髪を濡らし、頬を伝い顎から水滴を滴らせ、胸の谷間へと吸いこまれるものと乳丘の球面をなぞるものとに分かれる。

尖《とが》りきったピンクの乳首から、水滴が滴り落ち、地面へと吸いこまれてゆく。

しばらくの間、心身ともに乱れていた彼女だが、やがて、火照《ほて》りと疼きがようやく静まり、集中力が高まるのを感じる。

長い睫毛を伏せてから、再び心梨は瞳を開いた。

感情を排除した凍《い》てつく双眸が怜悧《れいり》な光を放つ。

「私は、鬼――」

たった一言、心梨はそう言って口端を歪める。ついさっきまでの気丈ながらも愛らしい少女の様子は完全に鳴りを潜めていた。

2　沖田隊長の好奇心

一方、肇は井戸のすぐ傍の小部屋へと転がりこみ、障子を閉めきって荒い息を繰りかえしていた。

「はぁはぁ……。まじで、いったいなにがなにやら……」

どくどくと心臓がものすごい勢いで高鳴り、こめかみあたりの血管は今にもぶち切れてしまいそうだった。

心梨のセミヌードが目蓋の裏側に張りついて一向に離れようとしない。

「心臓に悪い、悪すぎる。というか、いかんいかん！　色事にうつつを抜かしては。男子たるもの、色事に迷わず、よく学びよく鍛え、己の天命に従うべし！」

親が口癖のように彼に言って聞かせていた言葉を何度も何度も反芻《はんすう》し、煩悩《ぼんのう》を振り払おうとする。

「あれぇ。どうしたの？」

「ひ、ひぃいいいい。お、沖田さんっ!?」

ようやく一人になれたと思いきや、思いもよらない人物の声がすぐ背後でして、肇はずざざと飛びずさる。

見れば、奏音が水飴を舐めつつ、横になって書物を読んでいた。彼女の周囲には、たくさんの小難しそうな書物やまだなにも書かれていない藁半紙《わらばんし》が山と積まれている。

「ん、あたし？　ほらあたしって病弱だから、ちょっと休んでいるの～。こほん」

口をパクパクさせる肇に、足の爪先を宙でぷらぷらさせながら、彼女はわざとらしく咳をしてみせる。

だが、肇はそれを真に受ける。

「大丈夫ですか？　寝床でも敷きましょうか？」

「……ほんっとまじめクンだよねぇ」

「はあ？」

「んーん、こっちの話。ってか、どうしたの本当に？　いきなり、褌いっちょであたしのサボり部屋へと飛びこんできて。それに、顔真っ赤。熱でもあるの？」

「いや、べ、別に、これは、その……」

「ちょっと局長たちがしごきすぎてたから気にはしてたんだ。大丈夫かな。あたしみたいに適度にサボらないとやってけないよ？」

「サボるだなんて滅相もない。俺は、そんなことしませんよ！」

気分が優れなくてここで休んでいたんじゃないのかという非難の目を奏音に向ける肇。

「あはは。やっぱりお兄ちゃん、真面目で面白い。苛めたくなっちゃうかも」

奏音は小さく舌を出してみせると、体を起こして壁を背にして座りこんでいる彼に向かってにじり寄る。

「え、苛めたくって……」

その言葉に不穏な響きを感じ取った肇だが、気がついた時にはすでに彼女はすぐそこにいた。

四つん這いになったままの状態で、甘えるように彼を見つめてくる。

着物の袷からささやかな胸のふくらみとピンク色の点とが垣間見え、すぐさま視線を逸らす。そんな彼の初々しい反応を見て、奏音は目を細めた。

「お兄ちゃん。熱、あるの？」

そう言うと、彼女は肇の額に手を当ててから、自分の秀でたおでこをくっつけてくる。奏音の体温は、肇のものよりもずっと低くひんやりとした感触が心地よい。

その一方で、好奇心旺盛な瞳がすぐそこで煌いており、透き通るような肌の白さにどきりとする。小さな唇が間近で呼気に合わせて規則正しく動く様は、仄かな生々しささえ感じる。甘い吐息が頬をくすぐり、さっき心梨の半裸を目にしたばかりで興奮冷めやらぬ肇は思わず奮い立ってしまう。

「熱はないみたいだけど、心拍数があがってる。やっぱり病気かな?」

奏音は、肇の胸に手を当てると、いとおしげに耳を寄せて薄く微笑んだ。

「なんてね。ふふっ、あたし、知ってるんだよ?」

「な、なにを……」

うしろめたい気になり、思わず聞きかえした肇に向かって言葉をつづけたかと思うと、

「今、お兄ちゃんがどういう状態にあるかってこと」

と、歌うように抑揚をつけて言い、小さな人差し指を彼の唇に押し当ててくる。

「子供だと思って甘く見ちゃダメだよ。これでも新撰組のブレーン担当なんだからね。あたしは身体は弱いほうだから、その分、頭で勝負することにしてるの。剣術だってそう。頭を使えば、最小限の力で最大限の効果を引きだせる……」

こんな小さな子が、本当にあの有名な新撰組の沖田隊長なのかと、まだ半信半疑だった肇の考えを払拭するような大人びた言い方だった。

彼女は、見た目に反し、底知れないなにかを秘めている。すなわち、隊長たるべくして隊長なのだと肇は肌で感じて畏怖を覚える。

しかし、そんな彼の心中を知ってか知らずか、奏音は再び無邪気な笑顔を浮かべる

とわくわくと言ってのけた。

「ちゃあんとお勉強しているんだよ。世の中には知らないことがまだまだたくさんあるからね。あたしの好奇心は誰にもとめられない――」

そして、肇の胸に当てていた手を徐々に下へとずらしてゆく。まさか、と思い、身構えた肇だが、時すでに遅し。すでに少女の小さな手が褌越しに屹立しきった肉竿を捕らえていた。

「うっ。た、隊長……。な、なにを――」

「だから、知りたいことは知りたいの。お兄ちゃんのことももっと知りたい」

そう言い、大胆にも手のひらでペニスの形を確かめる。

「で、で、でも、それはっ。そういうことは……」

他人に初めて局部を触られ、肇は半ばパニック状態になってしまう。色情は己の道を踏みはずす悪だという言葉が脳裏をぐるぐるとまわりつづけていた。

それなのに、下半身はひとりでに力み、結果、少女の手のなかで暴れてしまう。己の意志とは無関係に勝手に硬くなった半身を恨めしく思い、恥ずかしい生理現象を他人に目撃されているのだと思うだけで顔から火が出そうになる。

「わ、動いたっ。生きているみたい。面白い……」

奏音はといえば、ますます漲《みなぎ》りに興味津々といったふうに股間を撫でさすることに夢中になる。まるで新しいおもちゃを目の前にした子供同然だ。もっとも、していることといえば、子供の遊びとは真反対のベクトルに位置するいかがわしい行為なのだが。

そのギャップが、禁忌を際立たせ、肇はひどくいけないことをしている気になってしまう。

だが、困ったことに、五つも年が離れた少女に弄《もてあそ》ばれているという状況が、興奮をいっそう高めている事実はますます硬さを帯びてしなる肉塊からも明らかだ。

「新撰組に男の人はいないし、知りたいなあってずっと思ってたの。春画だけじゃ、よくわからないんだもん」

「しゅ、春画などと――」

思わず、先ほどまで奏音が読んでいた本を見やると、文字がびっしりと書き連ねてある本の下に猥褻《わいせつ》な絵、すなわち春画があった。

男女が重なり合って、互いの性器をいじり合っている絵で、春画というものを初めて目にした肇を余計に刺激することとなる。

遠目にも、性器部分がことさらに強調されているその絵はひどくいやらしくて、忌避すべきはずの悪書だと思う肇だが、つい目が惹きつけられてしまう。

「すっごいの。ドキドキしちゃうの。男の人のここっていつもこんなに固いの？」

「い、いつもじゃないけど……」

「ふふ、知ってるもーん。コーフンするとこうなっちゃうんでしょ？　ってことは、お兄ちゃん、あたしにコーフンしてるんだ？」

「それは……」

「すごく面白いね。女の子とはまるで違うんだ」

そう言うと、奏音はいったん若い剛直から手を離すと、前が大きくふくらんではちきれんばかりになった褌をはずしにかかる。無論、肇は股間を押さえて抵抗する。

「……コレ、見たいな」

「だ、ダメです、そんなことっ。し、新撰組の隊長ともあろう方が、ふ、風紀が乱れますゆえ――」

「風紀もあたしが管理しているんだから。そのあたしがいいって言うんだからいいんだもん」

奏音は、頬をぷくっとふくらませると口を尖《とが》らせ、いきなり声色を変えて鋭く言う。

「隊長権限よ。さあ、見せなさい」

「うぐっ」

隊長の命令とあっては、生真面目な肇は従わずにはいられない。そう知ったうえで、奏音は言ったのだ。

肇は、興奮で震えてしまう手で褌をはずした。

同時に、少女のぶしつけな目線が、下腹に張りつかんばかりにそそりたった怒張へと注がれるのを感じ、恥ずかしさのあまり目をつぶってしまう。

だが、ついさっき命令したのとはまるで正反対ともいえる戸惑いの声が聞こえ、再び目を開くと、そこには顔を真っ赤にして眉をハの字にしている少女がいた。

「あ、あうぅ……」

「え……。た、隊長?」

「こ、こんななんだ。すごい、ちょっと……。怖い感じ。なんか、先っぽ痛そう」

包皮がめくれて赤い粘膜がのぞいている部分のことを言っているのだろう。

「痛くはないですが……」

「本当に?」

そう言うと、おそるおそる指先でそこに触れる。指の腹が触れた途端、喜び勇むように亀頭が上下に跳ねたため、奏音は小さな悲鳴をあげて手を引っこめてしまう。

でも、すぐにまたためらいがちに手を伸ばして触れてくる。

「本当に不思議。人体って……。男の人の体って変なの」

「あまり、その。まじまじと見ないでください……」

「だって、こんな機会ないもの。それに、男の人って定期的にこすってなかの膿《うみ》を出さなくちゃならないんでしょう?」

「よく知ってますね……」

「そうしないと、いろいろ大変なんだって本に書いてあったもん。ホントに不思議」

そう言うと、彼女は手を幹へと這わせてくる。

「うわぁ……。ここってこんなにぬっくぬくなんだ……。不思議。こするってこんなふうにすればいいのかな……」

何度も不思議という言葉を連発しつつ、彼女は細い指を幹を取り巻く太い血管に沿わせながら熱心に擦りはじめた。

が、熱心すぎるあまりその力は強すぎて、肇は思わずうめいてしまう。

「あ、ご、ごめ。もっと力を弱めなくちゃダメなのかな。よくわからなくて……」

知識だけでは追いつかないのだろう。実物の男性器を前にして、やや怯《おび》えながらも、彼女はひどく真剣な表情で力加減に注意しながらペニスを擦りたてはじめる。その手つきはおぼつかない。

「いて、てて……。もうちょっと、こう……。っていうか、だ、ダメです。こんなトコ誰かに見られでもしたら……」

ついとっさに彼女の手に、手を添えようとして、肇は我にかえった。

そのまま彼女の手首をつかんで、屹立から離そうとするが、しっかりと肉棒を握られているためまるで力が入らない。

いや、それは言いわけだと本当はわかっていた。彼のなかの牡が、これから先を望んでいるからこそ、とめられない理由を探してしまう。

だが、それは奏音も同じだった。

「誰も来ないよ。来たとしてもなんとでもごまかせるし。口封じだって慣れてる。だから、しちゃうから。だって、出せる時に出しておかないと、ケダモノになって隊士たちに襲いかかっちゃいけないもん……」

そう上ずった声で言いながら、徐々に手の動きを速めていく。

やがて、先走りの蜜が尿道口から漏れだし、彼女が手をスライドさせるたびに湿った水音がもれはじめた。その音が、二人の耳朶に染みこみ、いやらしいことをしているのだという気分を余計に盛りあげ、次第に二人の呼気は乱れてゆく。

肇は、ざわ、ざわとなにかが下腹部から這いあがってくる感覚を覚え、思わず恥ずかしい声をもらしそうになってしまうのを必死に堪えていた。

その反応を目ざとく発見しつつ、余裕を取り戻してきた奏音は、ふと思いついて視界の端に飛びこんできた水飴へと手を伸ばす。

「こうしたら滑りやすくていいかも」

いたずらっぽく言うと、とろみがついたゆるめの水飴を指先ですくい、男根へと垂らした。水飴は屹立の形に従って、ゆっくりと伝わり落ちてゆく。

いきなりの攻撃に身を強張《こわば》らせた肇は、甘んじて攻めを受けることとなる。

冷たい水飴が灼熱の棒を冷やしつつ、ぬるぬるになった少女の手の動きがさらに加速して目蓋の裏に電光が弾ける。さらに粘ついた淫猥な音が際立ち、今にもどうにかなってしまいそうな肇をさらなる悦楽が襲いかかった。

「うくっ!? た、隊長っ、そ、んな汚い、です……」

「ん、ちゅ……。ぴちゅ。んむっ。だって、なんだか飴細工みたいだから……。ちゅ、んんっ、春画にもこういうのあったし……。どんな感じかなって……」

なんと、奏音が水飴まみれになった肉棒をはむっと咥《くわ》えたのだ。そのまま、赤い滑らかな舌で竿をなぞったかと思うと、小さな頭を上下しはじめた。

「っんふ。ん、ん、んぅっ……。ちゅ、ん、はぁはぁ……」

小さな口のなかに目いっぱい張りつめきったペニスの先端が喉の奥に当たるたび、彼女は苦しげに顔を歪め悩ましげな声をあげる。

その声に触発されたせいか、はたまたしっぽりとした口腔内粘膜に包みこまれた快感ゆえか、さらに肉棒が口のなかで雄々しく育ってゆくのを感じると、奏音の身体にも異変が起こる。

(またおっきくなって……。すごい……。あぁ、なんか、あたしまで変に……)

小さな心臓がとくとくと早い鼓動を刻み、頭の芯が痺れて、思考能力が蕩《とろ》け消えてゆく。

そして、そうなればそうなるほど、無意識のうちに大胆に口をすぼめ、はしたない音をたてて唾液と水飴もろともガマン汁をも吸いたててしまう。

口端から粘り気ある涎が滴り落ち、彼女の顎から伝わり落ちて男の叢を濡らす。

奏音の頬が亀頭で突つかれるたびに形を変え、強く吸いたてるたびにへこむ様を憑《つ》かれたように眺める肇の額は汗で濡れていた。

やがて、彼の下半身を縛めていた緊張が増し、ピークを迎えてしまう。

「うっ、あ、っく……。も、も、もう……。隊長、だ、ダメだっ。で、射精《で》る！」

想像を絶する浮遊感を覚えた彼は、もうこれ以上堪えきることができず、切羽つまった声をあげ、強張《こわば》りを一息に解放してしまう。

「んっ！　むぅっ、うぐっ。んんんぅううっ!?」

濃厚なミルクが勢いよく先端から飛びだすと、奏音の口いっぱいに撒かれた。

肉棒の内部で温められた熱いザーメンが、水飴と混ざり合って溢れて彼女の口端からとろみをつけて漏れでる。

今までに迎えたことのないエクスタシーに、しばし呆けた顔をしていた肇だが、やがて我にかえると、口中いっぱいに精液を含み、頬をふくらませたまま困ったふうに

首を傾《かし》げている彼女をあわてて気遣う。

「うわ、す、すみません。俺、堪えられなくて……。口のなか、出してください」

両手を椀のようにして彼女の口に差しだす彼に向かって首を振ると、奏音は意を決して、その体液を呑み下した。

「んーんっ。んくっ。ふぅ……。しょっぱ甘い……。ちょっと苦い？」

「って、の、呑んじゃったんですか!? そんな、俺、すみません」

平身低頭で謝りつづける彼にかまわず、彼女は汚れた口もとを手の甲で拭いながら独り言のように呟く。

「こんな味、するんだ。へぇ……」

肇を責める素振りはまるで見せず、好奇心が満たされた清々しい顔で奏音は笑ってみせる。その笑顔に肇の罪悪感がやや薄らぐも、すぐにまた自分はとんでもないことをしでかしてしまったのではという不安に駆られ、自己嫌悪に陥って肩を落とす。

そんな彼の背中を叩くと、小さな隊長はない胸をえらそうに張ってこう言った。

「まあま、隊士の面倒をあれこれ見るのも隊長の役割だもん。気にしないで！　お兄ちゃんのこれからの活躍、期待してるんだからねっ！　これでお兄ちゃんのことすごくわかったし。いろいろ任せられるってね」

「は、はあ……」

あっけらかんと笑う奏音に向かって、肇は、狐につままれたような顔をして、ただマヌケな声を出すほかなかった。

3　初体験で安らぎを

その日の真夜中のことだった。夕餉《ゆうげ》と入浴を終えた少女隊士たちが、稽古の疲れに身を委ねて眠りにつき、屯所は静まりかえっていた。

なぜか、奏音に局長の身のまわりの世話役を命じられた肇は、刀を抱きかかえたままあぐらをかいて、局長部屋の前の軒先でうつらうつらしていた。

夜空には丸い満月が輝いており、彼に柔らかな光を投げかけ、風が木々の葉を揺らして優しい音をたてている。いつもと変わりない平穏がそこにあった。

やがて、舟を漕ぐ肇に一つの影が重なった。そこで、肇は、寝ぼけ眼をこすりつつ顔をあげる。

と、そこに何者かが立ちつくしていた。ゆらりと不安定に揺れる体軀に、一瞬、亡霊でも見たかのような感覚に襲われ、眠気が一気に醒める。

だが、すぐにそれがよく見知った相手だと知り、肇は警戒を解いた。

「……なんだ。局長。夜遅くまでお疲れ様です。おかえりなさい」

「…………」

返答はない。さすがに様子がおかしいなと気づいて、肇は改めて彼女を見た。

押し黙った彼女は、何者をも拒絶する凍《い》てついた空気をまとっている。

肇は居住まいを正すと、立ちあがって黙ったまま彼女へと会釈し、障子《しょうじ》を開いた。

心梨はなにも言わずに部屋へと足を踏み入れてゆく。

声をかけるのさえ躊躇《ちゅうちょ》してしまうほどのただならぬ緊張が色濃く漂っている。

(局長、悪霊を斬ってきたんだ……)

昼間の水浴びは、悪霊を退治する前の禊《みそぎ》だったのかと肇は合点がゆく。

女であることを捨て、鬼になったのだと言っていた彼女の言葉がまざまざと思い起こされる。今、目の前にいる心梨は自分とは別世界に生きる人間のように見える。昼間は照れ屋で頑固だけど、可愛い少女だと思っていたのに。

背をしゃんと伸ばしたまま、その場に正座した彼女の姿を見ながら、一人にしておいてあげようと外に出ていこうとする。

だが、不意に心梨が低く呟いた。

「……行くな」

「はい？」

最初、なにを言われたのか理解できなかった肇だが、つづいて「ここにいろ」と彼女に言われ、ようやくその意味を理解する。

「――はい」

そう言うと、心梨のすぐ傍で正座をして彼女の様子をうかがう。

月明かりが障子を通して差しこんできて、畳の上に格子模様を描いていた。

そのなか、心梨はただ静かに佇み、物憂げに瞳を伏せている。

「のぅ、肇。おまえは幼い子供が斬れるか？」

「えっ、お、俺ですか!? 俺は……」

いきなりそんなことを尋ねられ、口ごもってしまう。

「悪霊はな。見た目はただの童《わっぱ》なのじゃ。それを斬れるか？」

「………………」

大義を果たすためには、人を斬らねばならない場合もある。そう覚悟して上京してきたはずなのに、実際に悪霊とはいえ子供を斬ってきただろう局長を前にしてなにも言えなくなってしまう。

「退魔の力をもって京の霊的な平和を保つのが我ら新撰組の役目。大義の前には己の心を犠牲にせねばならぬ。おまえに子供が斬れるか？　斬る覚悟がないならば、まだ手を汚す前に去《い》ね。一度斬れば、もう元には戻れぬぞ？」

「……故郷を発つ時、新撰組に入り、絶対に名を成すと決めてきたんです。男が一度決めたことを、簡単に取りさげるわけにはいきません」

「この頑固者。ずっと観察してきたが、おまえは真面目すぎる。子供を斬るには向かぬ。悪霊退治が正義だなどと幻想を抱いているなら大きな間違いだ。子供を斬ることには他ならぬ。大義名分があろうとそれは変わらぬ」

「局長……」

「何十、何百という悪霊、いや子供たちを斬ってきた私ですら、その夜は寝つけぬのだぞ」

苦笑してみせる心梨の横顔を見て、そこで肇は、初めて彼女の指先が震えていることに気がついた。

どれだけ気丈に振る舞っていても、彼女が一人の少女であることには変わりないのだと知る。

「局長が聞いて呆れるだろう？　幻滅したか？」

「いや、子供を斬って動揺するほうが普通の感情じゃないですか？」

「だが、私は鬼になると決めたのだ。先の大戦《おおいくさ》のあと、焼け野原となった京の都で女が生きてくには、鬼になるか色を売るかのどちらかだった。父が退魔師だった私には退魔の力があった。だから、私はその方法を女たちに伝え――」

胸に荒れ狂うさまざまな感情を押し殺して、心梨は言葉を紡ぎだす。

だが、肇には、やはり彼女が自分に無理に言い聞かせているように思えてならない。そして、そんなふうに無理をしている局長を見れば見るほど、彼の正義感に火がついてしまう。気がつけば、肇は彼女に向かってこう言っていた。

「俺が支えます！　俺、隊長に局長の世話をするように仰せつかってますし」

「なに？　沖田がそんなことを？」

訝《いぶか》しげな顔をすると、心梨は眉根を寄せる。

「寝つくことができないなら、寝つくことができるよう子守唄でも歌います。なんだってしまいます。なんなりと言ってください」

「……わっ、私は童《わっぱ》じゃない！」

憮然とした面持ちで言う顔はまるで拗《す》ねた子供のように愛らしく見える。

同い年のはずなのに彼女は新撰組の局長であり、ひどく大人びて見えたかと思えば、時折子供のような一面ものぞかせる。京の平和のために幾多の悪霊を斬ってきた凄腕の剣士でありながら、時折女の子らしい一面も見せる。彼女の意外な一面を発見するたびに、肇は不意を衝かれてしまい、驚きの連続だった。これが善雄の言っていたギャップの魅力なのかなともちらと思う。

「じゃ、じゃあ、落ち着くまで傍にいて話し相手にでもなりますよ。気がまぎれるならば将棋《しょうぎ》でも打ちますか？」

動揺を隠すように頭をかきつつそんなことを言う彼を、心梨はますますもって不可解なものを見る目つきで見る。

「……おまえは、つくづくわからんヤツだな」

「え？　そうですか？」

「わけがわからん。私が怖くないのか？　この手は悪霊とはいえ、子供たちを何人も殺《あや》めておるのだぞ。怖いなら怖いと言えばいいだろう。気遣いなぞいらぬ」

「そんな！　怖くなんてないですよ！　ほら」

自嘲的な笑みを浮かべた局長の手を、肇は力いっぱい握りしめた。そうしなくてはならないととっさに感じ、次の瞬間、すでに行動に移していた。自分で自分の行動に驚きを隠せない。なにもかもがいつもと違うように感じる。心梨の前では、調子が狂いっぱなしだった。

「な、な、なっ。なにをするか!?」

「あ、その、いや……。手、震えてたんで。かじかんでいるのかなとか思って」

白々しい言いわけが口をついて出てくる。自分はなにをしているのだと思うも、握りしめた彼女の手を離してはいけないような気がして、手だけは引っこめない。

「ば、馬鹿者！　もう初夏ぞ。指がかじかむ時季ではない」

「でも、それじゃなぜ震えて？」

「……そんなことっ！　知らぬっ！」

心梨は、ふんっと顔を横に逸らすと、唇を噛みしめて頬を朱に染める。

震えはさらに大きくなる一方だったが、不思議なことに彼女は手を振りほどこうともしない。肇が彼女にのしかかったあの時とおんなじだった。

「局長のほうこそ、俺が怖いんじゃないんですか？」

もしかしてと思い、肇がそう尋ねると、たちまちムキになって食いかかってくる。

「ば、馬鹿な！　この私を愚弄するか。貴様――」

「……すみません。でも、手、離したほうがいいですか？」

「べ、別に怖くなぞないっ！　ただ、私は……。男がちょっとばかし苦手なのだ」

「え、えええっ!?」

またも新たな事実が露呈し、肇は思わず驚きの声をあげてしまう。

あの新撰組の局長が、男が苦手だなどとは想像だにしなかったのだ。

でも、だからこそ、押し倒した時に局長たる彼女が抵抗できなかったのだとわかり、罪悪感を覚えてしまう。

「そんな大仰に驚くことではない。お、女ばかりでつるんでいたら、どうしたってそうなるものであろうにっ！」

バツが悪そうに言うと、彼女は握られていないほうの手を額に当ててため息をついた。言うつもりもなかったが、つい言ってしまった。そんな素振りだった。

「な、なるほど。そうだったんですか。でも、それなら、なぜ俺と善雄を入れてくれたんですか？」

肇がそう尋ねると、途端に彼女の頬が薔薇《ばら》色に染まり、意固地な面がのぞく。

「新撰組に入りたいと言ってきた男は今までにもたくさんいたが、大抵の男は私と一戦交えるだけで一目散に逃げだしていった。おまえみたいにしつこいのは初めてじゃ。どうせ、何度断っても入るまで食いさがったであろう？」

「はは、よくわかりますね。俺、つい熱くなると、ムキになるというか……。昔っからこんな感じだったもんで……」

「それは私も同じじゃ。だから、面白いと思った」

「そうだったんですか」

不意に気恥ずかしい沈黙があたりを覆う。二人の視線が交わった途端、どちらからともなくあわてて目を逸らした。

心梨の震えは徐々に収まってくる。

しかし、その一方で、指に触れる脈は速度を増していく一方で、それを感じ取った肇の鼓動もつられて加速してゆく。

（なんだ、コレ……。この雰囲気……）

途端に、心梨の女の子らしいくんなりとした柔らかな手を妙に意識してしまい、手のひらが汗ばんでしまう。

今、こうすることがしごく自然なことに思えて、肇は彼女の手を引き寄せた。

「あっ……」

すると、小さな声をあげ、心梨はためらいがちに身体を預ける。

肇が彼女の身体を抱きしめる格好となる。

(なんで逃げないんだ。局長、男、苦手なんじゃないのか?)

彼女に拒絶されてしまうかもしれないという恐れと、ほんのわずかな期待とが入り混じって肇の胸をぐらつかせる。

しばらくして、ぽそりと心梨が呟いた。

「……不思議じゃ。おまえは怖くない。温かじゃ」

そのしみじみとした安堵に満ちた声に、肇はいても立ってもいられなくなる。彼女の背中にまわした手に力をこめ、力いっぱい抱きしめる。ポニーテールが揺れて甘い香りが漂い、肇はすぐ目の前にせまる滑らかなうなじに唇を押し当てていた。

「あ、あぁ……。はぁ、なにを、する」

首筋に柔らかな感触を覚え、びくっと首をすくめ、身震いしながら心梨が小さく喘ぐ。いつものような諫《いさ》めるような勇ましい物言いにはならない。

「局長……。俺、なんか変で。すみません……」

謝るくらいならばとめねばと理性は思うのに、肇の動きはとまらない。彼女がぴくぴくと身体を初々しく反応させるたびに体温が一度上昇し、牡の本能が暴走をはじめる。

肇は、舌先でうなじを舐め、唇を押し当てては吸って、花びらのような紋様を白磁の肌に刻みこんでゆく。

「はあ、あ、うっ、んんっ……。私も変だ……。なぜこんなっ。んぅっ」

一方、心梨も、首筋を舐められ吸われるたびに、意識せずとも鼻から抜けるような声がもれて出てしまうことに戸惑いを隠せない。

こんな、女っぽい甘えたような声を局長である自分が出してしまうなんてと、恥ずかしくて恥ずかしくて仕方ない。

彼女は、口を両手で覆うと、懸命に声を堪えようとする。

が、そんないじらしい女らしい抵抗がなおのこと、牡をそそるものなのだと彼女は知らなかった。

肇は、正体不明の獰猛《どうもう》な衝動に駆られ、彼女の胸もとを左右に力いっぱい割り開く。

「つきゃ」

心梨の悲鳴と同時に、よく発達したまろやかな乳房がまろびでて、ふるりと揺れる。

乳首はすでに尖《とが》っていて、肇の目を惹きつけてやまない。彼は、彼女の身体を倒しつつ、こりこりの蕾に吸い寄せられるようにして唇を近づけると、無我夢中で吸いついた。

「やっ！　あ、あぁっ。んっ、あはぁっ。吸っては……。っく、だ、ダメだ……」

途端、四肢をわななかせ、心梨は天井をあおいだ。形よい顎が突きだされ、長い髪が宙を軽やかに舞う。

「あ、あ、あン……。こんな、恥ずかしい真似、ゆ、許されぬっ。ン、しては、わ、私は天下の新撰組の局長だぞ……。それなのにっ。ん、あ、あはぁあっ」

かろうじて残った理性を奮い立たせ、気丈なことを口にする心梨ではあるが、その声にはまるで覇気が感じられない。

それどころか、肇の舌が乳首をなぞると、ひときわ甘い声をあげて、その言葉を中断してしまうものだから余計に彼はたまらなくなってしまう。

自分の動きで心梨が感じているのだと肌で感じるたびに、もっとあれこれ、彼女の身体に試してみて、より恥ずかしい声を出させたくなってしまう。

(局長も女の子なんだ……。ヤバい。本当にこのままじゃとまらなくなる)

右の乳房を舐め味わいながら、もう片方の乳房を揉みしだきつつそんなことを思うものの、パン生地のような胸の肉に無骨な指が沈みこむ様を目の当たりにし、火照《ほて》った丘の柔らかさを手のひら全体で感じるだけで、指の動きは余計に大胆になる一方だった。

　まだ若いおっぱいは、中心が少ししこっていて、肇が揉みこむたびに痛さと快感とを同時に少女に与えつづける。

「っつぅ。ん、っはぁはぁ……。あ、あぁ、こんな、皆にばれたら私は――」

　心梨は、いやいやと首をくねらせて彼の頭を抱きかかえた。

「……こうしたら、きっとよく寝れるはずですし」

　荒ぶる息を吐き、しっとりとした柔肉に唾液の跡を残しつつ、肇は彼女の着物をたくしあげた。

　大義名分なのは充分すぎるほどわかっている。

　でも、嘘は言っていない。精子には催眠作用があるとも聞くし、エッチをしたあとは緊張が解けてリラックス状態になるのだと善雄から聞いたこともあった。

　局長の世話役として、寝つけない局長を寝つかせるためにしているのだと考えることで罪の意識がいくばくか軽減される。

　そして、それは心梨にとっても同じことが言えた。

「そう、なのか……。ん、っはぁ、あ、あぁ。それは知らなんだ。あン、な、ならば、試してみる価値はあるな……。あ、な、なんてトコに手を……」

柔らかで張りがあり肉づきのよい太腿を撫ぜたかと思うと、彼の手は蒸れた内腿へと滑り、そのまま上へと移動してゆく。

これからされることを本能的に恐れた心梨は、あわてて両足に力をこめるも、間一髪侵入を阻むのに間に合わず、ショーツ越しに彼の手のひらが恥丘へと押し当てられた。

「すごい。濡れてる……。局長のここ、熱くなって蒸れてて……」

手のひらに蒸れて柔らかく湿りきった肉を感じ、肇は揉みほぐしてやる。

すると、心梨の秘所がひくりと物欲しげに収縮して、新たな涎でショーツを濡らしてゆく。すでにショーツはラヴィアへと張りつき、その形を浮き彫りにしていた。

「あうぅっ。な、なにを恥ずかしいことを抜かすかっ。あ、阿呆」

「ごめ。でも、本当にすごいから……。音が……」

肇が指を揃えて襞と襞の間の、ひときわ柔らかな場所を抉ると、にちゅりという粘着質なはしたない音がする。その音を耳にした途端、心梨は鋭く叫んだ。

「音っ、たてるな……。や、やめっ。ん、あ、やめろという、に。あ、あぁンっ」

命令口調なのに、敏感な乳首を舐めて責められ秘所すら指で抉られては、どうしたって声に甘い響きが混じってしまう。

心梨は、目をぎゅっと閉じ、今まで感じたことのない最大の羞恥を堪えつつ首を左右に振りたてる。

「こんなっ、おなごのような声っ。あ、あぁっ、恥ずかしすぎる、ん、んはぁ……」

「だって、局長は女の子だし……。こんなふうになるのも当然だと……」

目尻に涙を浮かべつつ、死ぬほど恥ずかしがる彼女の端整な顔を間近で見つめつつ、肇はショーツの隙間から指を差し入れた。

ショーツのクロッチ部分がよれた途端、今まで堰《せ》きとめられていた愛蜜がとろりと溢れだし彼の指を濡らす。

ラブジュースは、彼の指を伝わり落ち、手のひらへと溜まっていった。

「だ、黙れ。何度言えばわかるっ。ン、はぁはぁ……。私は女ではないっ。あ、あ、あぁああっ」

「でも、気持ちいい声出てるし。ここだって、もう準備できてるみたいだし――」

浅い場所で指三本を遊ばせてみると、ちゅくちゅくというういやらしい水音がいっそう大きくなり、その音が余計に少女の羞恥を煽りたて追いつめてゆく。

「あ、んあぁあああぁあっ！　やめっ、やめ、やめぇえっ、ん、はぁあ」

「女の子の、こんなになってるんだ……。すごく熱い……。ちょっとでこぼこしていて滑っててざらついてる……」

ここに半身をねじこみたいという猛烈な欲求が下半身から突きあげてくる。

どんな感じがするのだろうと想像しただけで、武者震いしてしまう。

自分の指がペニスだと想定して、試しに彼女の膣内へと中指を挿《い》れてみる。

「やっ！　あ、なにっ。なにをっ。あ、はぁあっ。やっ、やぁあっ」

いきなりの侵入者に、心梨は目をかっと見開くと背筋を弓なりに反らした。目蓋を縁取る長いまつげが痙攣《けいれん》する。

刹那《せつな》、熱く濡れそぼつ狭い膣道が指を締めつけ、なかのざらついた膣壁が張りついてくる。そのまま指をおずおずと動かしてみると、真空状態になってしまったようでひどく動かしづらい。こんなに狭い場所に、果たして男のシンボルが入るのだろうかと肇は不思議に思う。

「あくっ。ん、あ……。い、痛っ。っく、う……」

「ご、ごめ……。痛い、か。や、やっぱりやめておいたほうが……」

指を一本挿入して少し動かしてみただけなのに、額に脂汗を滲ませて痛がる心梨を見て、急に肇は怖気づいてしまう。もしかしたら、いや、もしかしなくても、とんでもないことをしでかしているのではという気になる。

だが、彼の言葉を聞いた負けん気の強い心梨は威勢よく早口でこうまくしたてた。

「……まだだ！　まだ眠れる気がせぬっ。というか、はぁはぁ……。ン、ンンっ、ここで中断されたら、なんだかその……。胸が苦しいというかもやもやしたままで。だ、大体、武士に二言はあるまい」

耳まで真っ赤になった彼女を、肇は信じられないといったふうに見やる。

最後までしてもいいと彼女はそう言っているのだ。

「でも、本当にいいんですか？」

「わ、私は眠りたいんだ。眠って今宵《こよい》のすべてを忘れたい――」

そう言う彼女の表情はひどく苦しげで、一瞬、あらぬほうを見つめて、小さなため息をつく。今夜の退魔のことを思いだしたのだろうか。そんな彼女を見ていると、やっぱり肇は放っておけなくなる。

「わかりました。変なこと言ってすみません」

「わかればいい。わかればいいから、早く……。こんなあられもない格好でまともな会話などできぬっ」

困り果てた表情で喚くように言う心梨。

「はい」

彼女に背を押された肇は、もどかしげに袴の紐を解き、褌をかなぐり捨てた。

灯りはつけていないため、その生々しい色までは確認できないが、月明かりのなか、幹に青筋を立てていきり勃《た》っている男根の様子を初めて目にした心梨は息を呑む。

（あれをどうするつもりなのだ……）

もしかしたら、取りかえしのつかないことを容易に決断してしまったのではと、得体の知れない恐怖が這いあがってくる。悪霊と対峙《たいじ》し、命のやりとりをするのとはまるで別次元の恐怖だった。

あの牙を剝いた獰猛な器官に支配されることにより、自分自身のなにかが根底から変わってしまうような、そんな恐怖——

しかし、一度決めたことを覆すことは彼女のポリシーに反する。

心梨は、覚悟を決めて、喘ぎ喘ぎ肇の一挙手一投足を見守る。

肇は、彼女の視線を股間に感じつつ、口を引き結んだまま、本格的に彼女の小柄な体軀《たいく》へとのしかかる。

あお向けになった心梨の指通りのよい髪が真新しい畳の上にひろがった。

しばらくして、熱くてすべすべとした肉塊が襞の奥に当たる。

「っ!?　うっ」

はっと息を呑むと、心梨は声をつまらせた。

「……っく。挿《い》れます」

「い、いちいち、言わずともっ。よい。あ、っく、う、はぁはぁ、あぁっ、あぁあああああっ」

言葉半ばで、塊《かたまり》が秘所へと押し当てられ、ぬぅっとめりこんできたのだ。

身体の中央から裂けてしまうのではと思えるほどの強烈な痛みが彼女の脳裏を焼く。とっさに、苦悶に身体をよじり、荒くれ者の侵入から逃れようと腰を引こうとするものの、肇は彼女の形よいヒップを両手で抱えこんで逃さない。

「うあっ。あ、あ、あぁあっ。あはぁあ……。入って、くる……。ン、ン、ンンっ」

だんだんと体重を乗せて圧がかけられ、亀頭が狭い穴を侵そうとしているのが、ダイレクトに伝わってくる。

心梨は、無我夢中で、自分を攻めているはずの肇の背中に手をまわしてしがみついてしまう。局長の面影はすでになく、初めての瞬間を前にして怯《おび》える少女がそこにいた。

「はぁはぁ……。だ、大丈夫、だと思う。たぶん……」

「あうっ。ううっ。ン、はぁはぁ、ん、んむぅ……。はぁ、はぁはぁ……」

必死にうなずいてみせる彼女の頭を撫でながら、彼は片手で彼女のしなやかな足を抱えこみ、もう片方の手をイチモツの根元へと添えて、奥へとつづきそうな場所を亀頭でつついて確かめるように探す。入り口のへこみにやや白みを帯びた愛蜜が満ち満ちているため、先端はぬるりとすべってしまう。

だが、それすら想像を絶する心地よさで、口で包まれるのともまったく違う感覚を肇にもたらしていた。

ややかぶっていた皮がずりあがり、敏感な箇所が剝きだしになり、そこに魅惑の粘液をまとった内膜がじかに触れ、陶然としたため息がもれでる。

ヘソのあたりから湧きあがってくる興奮がいっそう高まり、本能が完全に理性の色を塗りつぶした。

やがて、肇は先端に突破口らしき場所を感じる。そこめがけて、腰を突き進める。入り口の必死の抵抗もあえなく突破され、まだ未開拓な小さな穴に肉突起がぬるりとめりこんだ。

「あぁああっ！　い、痛い……。あ、あぁ、あぁあっ」

刹那《せつな》、口を開き、喉もとをのけ反らせる心梨。脳髄を揺すぶるような痛みに、よく鍛えられた身体を引きつらせる。

「ごめん……。ちゃんと入って、あれこれやったら気持ちよくなるはずだから。もうちょっとの我慢だから……」

切羽つまった彼の言葉をどこか遠くに聞きながら、必死にうなずいてみせ、心梨は強気なことを言ってのける。

「ンっ、ン……。うむ。はぁはぁ、あ、っく。これしきの痛みなど――」

一方、肇はものすごい圧で亀頭を絞られ、蕩《とろ》けそうな悦楽に襲われていた。

とろみのついた体液に満たされた温かな場所は、入り口のほうは滑らかなのに、なかは凹凸《おうとつ》があり、それらがきつく収縮して半身を渾身の力で締めつけてくるのだ。

すぐに果ててしまうのではという贅沢な悩みが芽生え、少し焦った肇は、腰にさらに力を入れた。

すると、灼熱のコテが半ばまで穿《うが》たれたところで、さらなる抵抗を感じた。

「本当にいいんですか?」

ここを突破すれば、もはや後戻りはできなくなる。生真面目な肇は、かっこ悪いことかなと思いつつも、どうしても最終確認をとらずにはいられなかった。

「……阿呆、そんなことっ、見ればわかるだろう。っく、恥をかかせる、な」

心梨は彼を睨みつけた。と、同時に肉竿を咥《くわ》えこんだ女陰が獲物を食《は》むように収縮して無言のうちにつづきをうながす。

それを感じ取った肇は、いよいよ全身の体重をかけて、奥に存在し行く手を阻む引っかかりを突破しにかかる。

やがて、急に抵抗がなくなり、体重をかけていたせいもあり、ペニスは一息に根元までぐっぽりと収まってしまう。

「ああぁっ! っくは。はぁ、はぁあああぁぁあっ。やぁああぁっ!?」

悦楽に包まれる少年とは対照的に、鋭い痛みが少女へと襲いかかっていた。

顔面蒼白になった心梨が、より強く肇の背に爪を立て、激しく頭を振りたてたため、しなやかなポニーテールが宙を泳ぐ。

「あうっ。う、うぅっ。っく、う、うあ……。や、やぁ……」

男性が苦手だということを、たった今思いだしたかのように、再び彼女の細い身体が派手に震えはじめる。そのことに気づいた肇は、動きをとめ、申しわけなさそうに彼女の頭を何度も何度も撫でてやる。

「……っく、平気じゃ。いずれ克服せねばならぬのだ。私にかまうな」

苦しげに短い吐息を吐きつづける心梨を見つめながら、肇はとても慎重に腰を動かしはじめた。痛みをとるにはこれしかないのだ。

壊れ物を扱うように、腰を浅く動かして彼女の反応を確かめる。

「ン、っく……。はぁはぁ。あ、あ、あぁっ」

腰を引くと、甘い声が喘ぎに混ざっているような気がする。腰を進めると、最初こそ、いったん苦しげな様相を見せていた心梨だが、抽送を繰りかえすごとに強張《こわば》った膣道がほぐされてゆき、心地よさげに鼻をすんと鳴らす。

肉の刀身をぬめ光らせたピンク色の愛液が性器の下方へと溜まっては溢れでてしまい、蟻《あり》の門渡《とわた》りを伝わり落ちて畳に沁みこんでゆく。それは破瓜《はか》の証だった。

「はっ、はっ、はっ、あ、あくっ。ン、んんぅ……。あぁ、なんだかっ、あぁ、もう、もう、なんだか、おかしくなって……。ンはぁ、はぁはぁ……。くっ、ンン」

腰をスライドさせるたびに、交わりからもれでてくるずくっずちゅという悩ましい音がだんだんと軽快なリズムへと昇華してゆく。

最初はうまくできるかと不安だった肇だが、誰に教わるでもなく、体が勝手に動いて、心梨の反応からも、どうやらうまくできているようで安堵する。コツをつかんできた彼の腰使いはいよいよ大胆になってゆく。

「あ、あン、太い。あ、あぁ、奥、抉っては……。あ、はぁ、変に、変になるぅ。んはぁあっ。あぁ、い、いやぁっ。気持ち、い、いい……。あは、も、っと……」

彼の動きに合わせて心梨の身体が揺れ、たわわな乳房が柔らかめの水羊羹《みずようかん》のように波打って弾む。

すでに破瓜《はか》の痛みを怖いくらいの悦楽が更新し、わななく彼女の唇からはおねだりとも受け取れる言葉がひとりでに飛びだすようになっていた。

普段の彼女からは、想像すらできない言葉だった。

もっともっと乱れさせたい。よがらせたい。いやらしい言葉を口にさせたい。

そんな想いがことのほか強くなり、肇は縦横無尽な荒々しい腰使いで、うぶな少女の身体を本格的に征服しにかかる。

「んあぁああっ！　なにっ、コレっ。あ、あぁっ、激し、激しいっ。ん、はぁ、あ、あ、あぁああっ」

歓喜を滲ませた声をあげ、心梨は喉をくすぐられた子供のように目を細める。

だが、まだ羞恥は残っているらしく、口もとを押さえ、この期に及んでも、他の隊士たちにばれてはならないと声を抑えようとする様が肇のなかに芽生えたばかりのサド っ気を刺激する。

声を堪えようとしても堪えきれないほどに狂わせたい。

そんな想いをシンボルに託して、右へ左へ上へ下へとスクリューのように力任せにねじこませる。

「はぁあっ。あぁ、そ、そこ、あ、あ、あぁああああっ。やぁ、やああ、漏れるっ」

やや上方向へと膣壁を抉った途端、心梨の反応がひときわ激しくなる。それに気づいた肇は、彼女の弱点を見出し、そこを何度も何度も亀頭で抉りはじめた。そこは他の部分よりもざらついており、圧迫するたびに心梨はおかしくなってしまったかのようによがり狂う。

「いや、いやぁあっ。そこはっ。だ、ダメって……。言ってる。あ、ンあぁっ。あは、はぁあああ、出るっ。なにか、出てしまうっ。いや、ダメぇええっ」

余裕がなくなり、目を潤ませて懇願するように叫びつつ、肇の胸に手を当て、必死に体を押しのけようとする。

しかし、肇が雄々しい力をもって彼女の胎内を穿《うが》つたびにその抵抗は失われる。

秘めやかな叢に覆われた柔らかな結び目からは泡立った淫汁が溢れ、生々しい肉色の刀身が出たり入ったりを繰りかえすたび、花びらはいびつに歪みつづける。

摩擦すればするほど、そこから生みだされる熱は二人の全身へとひろがってゆく。まぐわればまぐわるほどに、身体が昂《たかぶ》ってゆき、頭のなかが真っ白になる。

「んあぁあっ。あぁっ。本当に、もう、だ、ダメだっ。あ、あ、あぁっ、なにかが出る、出てしまう。あ、あぁああああ、も、漏れるっ」

逼迫した悲鳴混じりの声のトーンが高まり、それで肇は彼女の絶頂が近いことを感じ取る。膣の締めつけもいっそう強くなり、雑巾絞りをするように肉棒を絞りたててくるからたまらない。肇の我慢もそろそろ限界だった。

「お、俺も……。もうっ。無理。っく、あ、あぁっ、射精《で》る……」

「はぁああっ。あぁあああ！　あぁ、あぁああっ！　出ちゃううぅっ！」

肇は全体重を乗せて最奥へとペニスを叩きこみ、彼女の身体を抱きしめた。心梨もそれに応え、必死にすがりついてくる。

そのため、肇は腰を引くことができない。深く結合したまま、精を放つ他なくなる。

若い肉竿は元気よくしなって滾《たぎ》る白濁液を思いきり勢いよく解放した。

沸騰寸前のザーメンが痛みと快感を覚えたばかりの胎内へと沁みこんでゆく。

「あ、あぁ、熱い、のが……。なかに……。はぁはぁ……。あ、あぁああ」

うわごとのように言うと、心梨は切なげに目を細めた。額に滲みでた汗が形よい鼻梁を滑り落ちてゆく。身体を縛めていた緊張から完全に解放され、くたりと全身から力を抜くと愛らしく喘いで呼吸を整えようとする。

「……気持ちいい。はぁはぁ……。ン、あ……。悪く、ない」

なにからなにまで初めての感覚だった。心梨は肇の首筋から立ち昇る男らしい匂いを胸いっぱいに吸いこみながら、エクスタシーの名残《なごり》か、時折身体をぴくりと反応させる。

その動きと連動しているように穴がすぼまり、またその動きにまるで応えるかのようにペニスが脈打つ。

「局長……。すみません。なかに、俺……。つい……」

中出ししてしまったことを申しわけなさそうに詫びる肇に、心梨はきょとんと首を傾《かし》げてみせた。どうやら、中出しがなにを意味するのかもまるでわかっていないようだ。奏音とはまるで対照的で、彼女は性に関する知識がまったくないのだと肇は知る。

そんな彼女の初めてを奪ってしまって本当によかったのだろうかと、罪の意識がまた頭をもたげてきた。

だが、心梨は彼の気難しい顔に手を当てて、瞳を煌かせて無邪気に笑う。

「なにを謝る必要がある。おまえは、なにも悪いことはしておらぬだろう？」

「いや……。そんなことないです。こういうのはそもそも誰とでもしていいというものではけしてないんです……」

きちんと説明すべきだったのではないか、とか、自分は卑怯なことをしでかしたのではないかとか、一度疑いはじめるとキリがない。彼の眉間の皺は、よりいっそう深くなってゆく。

そんな彼を見て、心梨は言った。

「私も誰とでもするのはいやじゃ。それに、無理やりされるのを許すほど非力ではない」

「……局長。って、それはどういう」

一歩間違えれば告白とも受け取れる言葉に、肇はあわてふためいてしまう。

「うぬぼれるな。阿呆。じゃが、気持ちよいぞ。いやじゃとも思わぬ。それに……」

そう言うと、彼女はぱたりと手を畳へと預け、瞳を閉じてからしみじみと言った。

「……今宵《こよい》は珍しく、よく眠れそうじゃ」

やがて、心地よさげな寝息が聞こえてくる。

完全に無防備なその寝顔に、肇の顔も緩む。彼は、彼女とつながったままで、心梨の頬を撫でてみる。すると、むにゃむにゃ言いながら、彼女は頬を摺り寄せてくる。

その様が肇の心をくすぐってやまない。肇は、いとおしいという言葉の意味を初めて知ったような気がする。

だけど、彼女は新撰組の局長なのだ。ただの女の子のようでいて、ただの女の子ではない。

百人もの志士たちを束ねる長であり、一方、肇は入隊したばかりの、しかもまだ仮入隊の身分。分厚い壁が二人を隔てている。近いようでいて遠い……。きっと、ごく普通の男女のように恋をすることはまかりとおらない。そう思うと、途端に息苦しさを覚える。

その気持ちをごまかそうと、肇は心梨の唇へと唇を近づけた。寝息を感じ、間近に迫った愛くるしい寝顔にドキドキしてしまう。

だけど、どうしてもキスまではできなかった。

深いため息を一つつくと、肇は複雑な思いを振りきるように首を振り、彼女の唇を指でなぞってから頭を撫でてやる。

淡い月光に照らしだされた心梨の顔はどこまでも安らかで。

そのことだけが、せめてもの救いだった。

第二幕　幕末秘恋片想い〜心梨とカレン

1　副長の嫉妬

小鳥のさえずりが朝の訪れを告げている。まだ、早朝であるにもかかわらず、新撰組の屯所は活気に満ちていた。おしゃべりを交わしながら、身支度を整え、朝食の前の朝稽古がはじまるのだ。

道場から遠い位置にある局長部屋の周囲はまだ静かだが、軽い足音が廊下を走り、部屋の前でとまった。

「……へえ」

障子を注意深く開けて、なかの様子をうかがって目をまあるくしたのは、奏音だった。

「カレンちゃん怒るだろうからなあ。足止めしておこうかね」

そう言うと、奏音は再び軽やかに駆け、その場を去ってゆく。

局長部屋には、きちんと布団が敷かれ、マヌケな寝顔をした肇の胸にすがりつくようにして深い眠りについている心梨がいた。

「ん、む……。んんっ……」

心梨は目を開くと、呆けた顔でまばたきをする。いつもとなにかが違うと感じる。

身体中がけだるい心地よさに包まれている。

障子《しょうじ》から差しこむ陽の光が、いつもよりやけに強いような気がする。

いや、それだけではない。なにか決定的に違うなにかが――

そこで、彼女はようやく完全に目が醒めた。すぐ傍で安穏と寝こけている無骨な男の顔を目にして昨晩のすべての記憶が甦る。

悪霊退治をしたあとは、いつも記憶が曖昧なはずなのに。

人にはけして言えない自らの痴態を思い起こして、気恥ずかしさで胸がいっぱいになり頬が火照《ほて》ってしまう。

(すぐに離れねば。そして、この男を追いださねば――)

そうは思うのに、布団のなかは温かで男らしい香りに満ちていて、さらなる眠気を誘ってくるから困りものだ。以前までは、到底考えられないことだった。

しばらく、どうしたものかと悩んでいた彼女だが、やがて観念したように彼の胸にこてんと小さな頭を預けると、上目づかいに彼の様子をうかがう。

「……マヌケ面だな。まったく」

つくづく、こうも剣客《けんかく》集団に相応しくない顔もそうないのではないかと半ば呆れてしまう。まだ子供の頃を想像できる少し幼い顔は無防備もいいところだった。

つい、いたずら心を触発された心梨は彼の鼻を摘んでみる。すると、彼は苦しそうに顔を歪め口から息を吐きだした。

その様子に、くっくっと笑いを堪えつつ、彼女は彼の唇ももう片方の手で覆う。だんだんと肇の顔が赤くなり、そしてついに首を左右に振ったかと思うと、「ぐぇっ」とうめいて、ようやく目を醒ました。

「はぁはぁ……。な、なんだなんだ、なんだ?」

何事かと半ばパニック状態に陥り、あちこちに視線を彷徨《さまよ》わせる肇を見て、心梨は小さく舌を出してみせる。真っ白な頬が薔薇《ばら》色に染まっている。その向こうに揺れる豊かな胸の曲線と、着物を下から持ちあげる突起に気づいてしまい肇の下半身が疼く。

「……ふんっ。世話役のくせに主よりも遅く起きるとはいい度胸だな」

「きょ、局長！　おわっ、す、すみません。お、おはようございます」

あわてふためき体を起こすと、肇は心梨に向かって深々と礼をした。こんなところも真面目な肇らしいなと、心梨は笑みを誘われる。

「というか、今何時《なんどき》じゃ……。やけに日が高い気がする」

彼女は、無造作に髪をかきあげて大きなあくびをする。

「ん、そういえば……。って、もう昼時だ」

床の間にしつらえてある時計に目をやった肇が声をあげる。

「な、なにっ!?」

二人して仲良く朝寝坊をしたことになる。その間、誰かが局長を起こしに来なかったとは到底考えられない。となれば、二人が添い寝をしている様は誰かに見られたに違いない。二人は頬を染めたまま、気まずそうに互いを見る。

「……カレンがぶち切れてないとこを見るとさては沖田か」

「ま、まずいですね。お、俺、どうしましょう」

「案ずるでない。沖田の手がまわっておるのだとしたら、なにも問題ない。ゆるりとしておればよいのだ。あやつは小憎たらしいほど優秀な策士だからな」

「は、はあ……」

「じゃあ、もうひと寝するか」

そう言うと、心梨は肇の体を押し倒した。いきなりの大胆な行動に目を剝く肇だが、彼女はかまわず、甘えるように腕の付け根へ頭を擂り寄せてきて、もう一度小さなあくびをすると瞳を閉じた。そのあくびが肇にもうつる。

やがて、まったりとした眠気が二人を包みこんだ。

(こういうのっていいな……)

そんなことをしみじみ思う肇。ほんのりと胸が温かくなっていく。

満たされきった思いで二人は二度寝の世界へとゆるゆると落ちていった。


「おい！　肇！　おまえ、抜け駆けしただろ！　隊長は、局長とおまえは用事で出かけてるって言ってたけど怪しすぎるぞっ！」

「な、なにがだよ。善雄……」

「他の隊士の目はごまかせたとしても、俺の目は騙せねえぜ！　いきなり沖田隊長から局長の世話役に命じられたと思ったら、早速、朝練に二人して出てこないっつーのは、さすがに怪しすぎだろう!?」

二度寝をたっぷり堪能し、空腹のあまりようやく目を醒ました心梨と肇は、もうすでに夕刻が訪れていることを赤々と差しこむ夕日の色で知った。

さすがに夕餉《ゆうげ》の時間に遅れるのはまずいと思い、肇は着物を整え、後ろで束ねていた髪を縛りなおして身だしなみを整えた。浮《うわ》ついた気分を引き締めて、できるだけ難しい顔をして周囲の目を避けながら局長部屋から抜けでて、男性用にとあてがわれたトイレで用を足しているところ、早速善雄に捕まったのだ。

「——で、どうだったんだ⁉」

肇の横で同じく用を足しながら、興奮気味に悪友はそう問いかけ、無遠慮に彼の股間を覗きこんでくる。

「……いや、その。別に」

「そんなわけねーだろ⁉　男と女が寝る時も傍にいりゃ、そりゃするこた一つだけ！　夜の営み！　せくーすしかねぇだろがっ！」

「まあ、たしかに……」

局長の立場を考えると、昨晩のことは誰にも言わないほうがいいのだと思う。

だが、相手は幼なじみの善雄だ。簡単に騙せるはずもないだろうし、なんのかんの言っても、今までずっと腹を割って話してきた仲だ。

主への忠義か、それとも友への信頼か。どちらを選んだものかと、自らの半身に目を落としながら肇は考えこんでしまう。

そんな彼の耳もとで、善雄が再度ぼそりと尋ねてくる。

「んで！　どうだったんだ？」

「……絶対、誰にも言うんじゃねえぞ」

本当は誰かに言いたくてたまらないという浮かれた気持ちも少しだけあったため、強く念押しをしておいてから声を潜める。

「おうさ。俺とおまえの仲じゃねえか」

心梨と闘っていた肇を一人置いて早々と逃げだした程度の仲ではあるが、男同士の友情なんてそれでいて妙な絆でつながっているから不思議なものだ。

肇は、語彙《ごい》が貧弱な頭のなかから相応しい言葉を探しながら言った。

「まあ、すごくよかった……」

彼の言葉に一瞬言葉を失う善雄だったが、次の瞬間、再び肇の頭を抱えこんで本気のホールドを決めこむ。

「くっそおおおおお。てめえなあぁあああ。うらやましすぎだぜ。俺も、俺もカレンさんとぜひともそんな仲に――」

が、彼がそこまで言ったところだった。

「私がどうかしまして⁉　それに誰と誰の仲がどうですって⁉」

いきなりトイレの個室のドアが勢いよく開いたのだ。

「か、かか、カレンさん⁉」

そこには、腕組みをして二人を見据えている長身の影があった。

そのあまりにも冷ややかな視線に、肇も善雄も黙りこんでしまう。

「なにを黙っていますの⁉　さあ、私に説明なさい。誰と誰がどういう仲ですって？」

気位の高い声でツンと言い放つ彼女からは、威圧感と怒気とが混ざり合って滲みでている。その殺伐とした殺気に圧倒されてしまい、二人は声を出せずにいた。

「——ずいぶんと浮かれているようですけど、なにかいいことでもありまして？」

「べ、別に浮かれてません……」

そうは言うものの、嘘をうまくつけないタイプである肇の声は裏返ってしまう。それを不信げな面持ちで見たカレンが忌々しげに言う。

「局長の世話役に選ばれたからといって浮かれているんだとしたら、大きな間違いですわよ。局長の補佐は副長であるこの私。沖田はともかく、私はおまえなんか認めていない。すぐにその座から引き摺りおろしてみせますわ」

彼女は本気だった。その紫水晶のような瞳には、嫉妬の炎が燃えていた。あからさまに剝きだしにされた対抗心は、針のむしろのようだ。

よどみないすごみが全身からあふれている。

そして、彼女はそれを隠そうともしない。むしろ、堂々とさらけだし、今にも挑みかかってきそうだ。

（ひょー。カレンさん、まじかっこいいぜ……。これだからたまらねえ……）

善雄は怒りを滲ませた冴え渡るような彼女の美貌を見つめ、ぞくぞくするような気持ちに酔いしれていた。

「ただ一つだけ、忠告しておきますわ。局長になにか無礼を働いた場合、即刻打ち首にするので覚悟なさいませ」

「…………」

念押しというよりは、むしろ脅しに近い。もしも、昨晩のことが彼女に知られたとすれば一巻の終わりだ。カレンの本気を感じ取り、肇のこめかみから冷や汗が伝わり落ちていった。

「まあ、いずれわかるでしょう。浮かれた気分でいられるのも今のうち。いずれすぐにやめたくなりますわ。外の人間と我らはそもそも棲む世界が違うのだと思い知ることでしょうし」

最後に思わせぶりなことを言い残すと、そこで初めてカレンは視線を下に落とした。途端、顔を真っ赤に染めて、その場に硬直してしまう。

「なっ！　な、な、な、なななっ！」

「おわっ。わわ、すみません」

男子用にあてがわれたトイレで、二人は用を足していたのだ。ゆえに、下半身が剝きだしになっていた。

「わ、猥褻物陳列罪《わいせつぶつちんれつざい》ですわ！　こ、殺すっ！　殺してやりますわ！」

カレンが、ためらうことなく腰を低く落として腰の刀を引き抜いた。

長い髪がざわりと逆立ち、研ぎ澄まされた刃がぎらりと光る。

「そっ！　そんなもの、私に見せていったい、どういうつもりですの!?」

「やっ！　ご、誤解ですって！　それに、ここ一応男子用にトイレを割り当ててもらったような……」

「……なんですって!?」

そう言うと、カレンは視線を彷徨《さまよ》わせ、しばし考えを巡らせる。

そして、そこでようやく自分の非に気がつく。自分のほうが間違って、ついちょっと前までは女子トイレだった現男子トイレを利用してしまったという過ちに。

「う、っくぅ……。お、覚えてらっしゃいまし！」

顔を大きく横にそむけ、気丈な表情を愛らしい怒りに染め、勢いよくトイレを出ていったカレンを見送りつつ、善雄は真顔で一言言った。

「……イイ」

一方、彼女の「棲む世界が違うのだ」という言葉は、いつまでも肇の心に熱を加えたビニールのようにべったりと貼りついて剥がれない。

ややあって、彼女の足音が聞こえなくなるのを見計らって、善雄が乙女のように胸の前で手を組み合わせ、切なげなため息をもらした。

「はぁあ……。カレンさん。今日もおっぱいでっかいぜ。ちょっと歩くだけでたゆんって揺れるし。しかも、あの高飛車な態度、超かっこいいよなあ。まじで憧れるぜ。

かと思いきや、自分のドジを棚にあげてそれでもえらそうで……。くぅうぅ、可愛いぜ……」

「恐ろしいの間違いじゃないか?」

「恐ろしいのがまたいいだろ。こうミステリアスっつーか、女王様っぽくて。そんな彼女にチン列しちゃったわけだろ。うはっ、想像しただけでちょっと……。悪ぃ、俺、ちょっと出してくらっ!」

善雄は小さくうめくと、先ほどカレンが使っていた個室へと勢いよく飛びこんでいきドアを閉めた。

呆れたように肇がなかの彼に声をかける。

「おまえ、さては変態か?」

「俺はプライドが高くて、そうそう落ちないような手強い女が好きなんだっての。あ、もちろんあのけしからんおっぱいも無論はずせないがな。絶対にGカップ以上あるよなぁ」

幼なじみとの相変わらずのアホな会話に不安がまぎれる。

だが、どうしても一抹の不安だけは完全に拭い去ることはできなかった。

2　退魔への道

果たして、肇の不安がすぐに具現化することはなかった。

カレンの彼への風当たりがさらに強くなったことのほかは別段なにも変わらないようで。

いつしか、肇の不安も薄らいできていた。

だが、ある日の午後、心梨と奏音が屯所を留守にしている間、カレンが隊士たちを道場へと集めてこう言ったのだった。

「――今日は新人の二人に退魔の術を教えてさしあげましょう」

目を不敵に細めると肇と善雄を見てにぃっと笑う。肇はその笑いを見ていやな予感を覚える。

「えーっ!? 副長、ちょっと教えるの早くないですかー?」

「ずるーい。もう教えてもらえるなんてぇ」

めいめいに思ったことを口にして騒ぎたてる少女隊士たちに向かって、カレンは腕組みをしたまま凜《りん》と言い放った。

「あの毎日のしごきに堪えられるくらいなら、そろそろいいでしょう? きっと二人にならできると私は思いますわ」

「まー、まじめクン、すっごく頑張りやさんだしね」

「松本君もなんのかんの文句言いながらも頑張ってるし。たしかにね」

少女たちはすぐにしたり顔でうなずき合った。

それを尻目に、カレンは肇たちをきついまなざしで見つめると挑むようにこう言った。

「——まあ、もっとも。あなたたちにやる気があるならですけれど？　退魔の術は人ならぬものを見、斬る技術。一度踏みこんだら、二度と戻れない世界。そして、特別な力を持った者には、特別な責任も生じる。だから、教える前に問うことにしていますの。本当に後悔しないか、と」

「…………」

肇の脳裏に「悪霊はな。見た目はただの童《わっぱ》なのじゃ。それを斬れるか？」という心梨の言葉が甦る。

「特にあなたたちは男。女である我々に悪霊は母の姿を重ね、簡単に心を許しますわ。でも、男であるあなたたちに必ずしもそうであるとは限らない。そして、退魔に失敗すれば体を内臓もろともズタズタに切り裂かれてしまいますこともお忘れなく」

彼女の言葉が脅しではないことを、静まりかえった道場のただならぬ雰囲気が物語っていた。

いつもあれだけおしゃべりにうつつを抜かしている陽気な少女隊士たちの表情が重々しいものへと変わる。殉職していった同僚を思いだしたのか――

肇は新撰組本来の姿を垣間見た気がした。

どんなことが起きても動じず、笑みを絶やさないお色気過多なお姉さま隊士たちまでもが唇を引き結び、真剣な表情を浮かべている。

それがなにを意味するか。肇の背筋を冷たい汗が一筋伝わり落ちてゆく。

「引きかえすなら今のうちですわよ？　まだ間に合いますわ」

「…………」

「修羅の道に足を踏み入れるか、否か――」

紫水晶の険しい瞳に射すくめられる。

だが、肇は彼女から目をそらすことなく、どこか厳《おごそ》かな調子で言った。

「――教えてください。副長」

しっかりと噛み含めるような口調に、一瞬たじろいだカレンが念押しする。

「後悔しても知りませんわよ？」

「はい」

肇はしっかりと答えた。

震える心梨の姿が目蓋の裏に焼きついていて離れない。少しでも彼女の負担を減らしてあげられるなら、その一心だった。

肇とカレンが睨み合っていると、その間に善雄がさりげなく入る。

「で、俺も後悔しませんよ」

「あなたまで……。うつけが多すぎますわ。そんなに簡単なことだとでも？　甘い。甘すぎる。どこまでもなめられたものですわね」

「や、違います。この雰囲気、なめられる雰囲気じゃないっすよね？」

明るくそう言って、ふっと真顔になる善雄を驚きの目でカレンは見た。

「……ふむ」

それまでの、自分よりも低い者を見る彼女の目つきが変わってゆく。

「でも、皆、女の子なのにそういう厳しいことやってきてるんっすよね。無論、カレンさんも。なら、男の俺たちだって負けてられないってだけっすよ」

「かっ、簡単に言うんじゃありませんわ！　絶対に後悔しますわよ!?」

ムキになってそう言う彼女に向かって善雄は鷹揚に微笑む。

「へえ、優しいんスね。結構……」

「なにっ！　この私が優しいですってっ？　どこに目をつけてますの。いつもあれだけ厳しくしているのにまだ懲りてませんの？　どこまでマヌケなんだか――」

必死に否定すればするほど、彼女の内面が外にさらけだされてゆく。

それに目を細めつつ、善雄は肩をすくめてみせた。

「厳しさも優しさの裏返しとかって言うっすけどね」

「…………っ！　いいでしょう。ならば、教えてさしあげますわ。後悔させてあげる。優しいなんて二度と言わせませんわ」

彼女の口もとが歪み、サドっ気もあらわな言葉がもれでてきた。

少女隊士たちは、彼女の殺気に声一つ出すことなく、まんじりとも動かない。

だが、善雄も肇も怯《ひる》まなかった。

「なにとぞっ！　ご教授お願いします」

そう言うと、彼女の前に膝をつき、深々と頭をさげたのだった。

そんな彼らを見た途端、少女隊士たちの顔に喜色と尊敬の念がひろがってゆく。いや、それだけではない。頬をやや赤く染めている少女たちまでいる。

一方、カレンはといえば、あからさまな少女隊士たちの変化に戸惑いつつ、男二人に土下座されて呆気にとられてしまう。

(この二人、本当の本当にアホの子ですの!?)

少女隊士たちの変化にあてられたせいか、妙な気持ちになってしまう。

その一方で、心かき乱されることにどこか歯がゆい気持ちもあった。

「ではよいでしょう。教えてさしあげますわ」

彼女は自分を奮い立たせるように、そう二人へと告げた。

午後の明るい日差しが窓から差しこみ、彼女のラベンダー色の髪をことさら美しくけぶらせている。

気高い女王然とした彼女を眩しそうに善雄は見あげた。

その時だった。

「なにをしている。カレン」

「局長!?　なぜもうお戻りに!?　沖田と任務に向かわれたのでは――」

道場の入り口に奏音につき従われた心梨がすっくと立っていた。

長い影が道場の床へと伸びている。逆光になっているため、彼女の表情はうかがい知れない。

「忘れ物をしたので取りに戻ったまでだ。それで、これはいったいなんの真似だ?」

「いえ、なにも。いつもどおり、隊士たちに稽古をつけているだけですわ」

即座にいつもの調子を取り戻したカレンは、道場のなかへと歩を進めた心梨へと会釈をしつつ、優雅な言いまわしでそう告げた。動揺はかけらも滲んでいないクールな表情で局長を見る。

「ただ、私は私の勤めを果たしているだけですわ。それは局長も同じでしょう?」

「…………」

そう言われた途端、心梨と肇の視線が一瞬交わり、あわてて二人は目を逸らす。

その様子を見た途端、カレンの美貌が苦しげに歪む。

「ゆめゆめご自分の本分をお忘れなきよう。私は、局長を信じていますわ」

切なげに眉を寄せると、カレンはさらに頭をさげ、どこか切羽つまった声でそう心梨へと訴えかけた。

彼女の言葉を真っ向から受けとめ、ややあって心梨は答えた。

「……わかっておる」

二人のやりとりを、隣りに立った沖田が賢《さか》しらな顔をして眺めていた。

奇妙な沈黙が三人の間を漂う。

だが、少女隊士たちの顔に不安が滲むより前に沖田がいつものように明るく言って、心梨の袖をぐいぐい引っ張っていく。

「まあまあ。さあ、局長。早く行かないと。待ち合わせの時間に遅れてしまうよん」

「あ、ああ……。そうだな……。わかった」

見た目に反して強い力を持つ彼女に引きずられながら、心梨は後ろ髪を引かれるように何度も振りかえりつつ道場をあとにした。

「――さあ、はじめますわよ」

気をとりなおすと、カレンは腰の刀を抜いた。

すると、善雄がその場に立ちあがり、「ちょっとその前にトイレ行ってきます」と言いながら、彼女の横を通り抜けざま、彼女にだけ聞こえる声でこう言った。

「カレンさん。なにかあったら相談乗りますんで……」

「…………っ!?」

カレンが身体を硬直させる。

何事もなかったかのように善雄の姿が見えなくなってから、彼女はいらいらと前髪をかきあげながら低い声で呟いた。

「……余計なお世話ですわ」

だが、その声はほんのわずかに震えていた。

3　強引に君を抱きしめて

その日から、肇は、局長の世話役であるにもかかわらず、常に彼女の傍にいることは禁じられ、局長がお役目を果たした時のみに同衾《どうきん》を許されるのみとなった。

しかも、最初の一晩以来、肇は、彼女の身体をすぐ傍に感じながらも、ただ添い寝をするのみだった。何度か勇気を出して彼女に迫ろうとしたものの、無言の拒絶に中断せざるを得なかった。

いったい全体、裏でなにが起こったのか肇にはわからなかった。

ただ、心梨のよそよそしい態度と、日増しに激しさを増してゆくカレンの尋常ならざるしごきになんらかの異変を感じ取っていた。

(副長が局長に灸《きゅう》を据えたか……。いや、でも、あのことがバレてたとしたら、とっくに殺されているだろうし……)

あれこれ考えを巡らせるも、どうもしっくりとする回答は得られない。善雄に相談しようとするも、一緒に同衾《どうきん》しておきながらなにもないだなどと、そんな男子の尊厳を傷つけるようなことはさすがに相談する気も失せてしまう。

(まあ、どうせ、こんなふうになるってわかっていたはずだろう……)

自分に背を向け、隣りで安らかな寝息を立てる心梨を眺めつつ、肇は不意にむなしい気持ちに襲われ、憂鬱《ゆううつ》なため息を外に逃がした。

(別に局長に他意があったわけじゃないんだ。俺はなにを期待していたんだ？)

思いを通じ合わせて結ばれたわけじゃない。ただ、子供の悪霊を斬ったあとに寝つけないという心梨を癒すためだけの存在。それは彼が望んだあるべき姿とはあまりにもギャップがあるポジションだった。

(俺、こんなことするために田舎から出てきたんじゃないのにな)

田舎から送りだしてくれた父母の年老いた顔を思いだすと、胸が苦しくなって、目頭が熱くなる。

京で新撰組に入り俸禄をもらったら、そのほとんどを田舎に送り親孝行したいと考えていた。もちろん、その夢は叶うだろう。いよいよ明日は初めて俸禄をもらう日。にもかかわらず、肇の心は上向かない。

(男子たるもの名をあげ身をたて、故郷に錦を飾り、ゆくゆくは、剣の道場でも開きたいと思っていたが……)

その夢は、すでに潰《つい》えてしまったかに思える。

肇は、昨日の出来事を思いだしていた。

初めて新撰組の羽織を貸与された善雄の有頂天な姿――

彼の出世を喜びながらも、肇の胸には暗雲がひしめいていた。

元々器用な善雄は着々と剣の腕を磨き、まだ軽めの案件とはいえ、すでに新撰組の任務をこなしはじめている。退魔の術はまだ完璧に習得してはいないので、もっぱらサポート役らしいがそれでも肇にとっては羨ましかった。

だが、どういうわけか肇には任務の声がまるでかからない。

自分だけ置いてかれてしまったような焦燥感が彼の胸を焦がしていた。

恋も仕事も思うようにいかない。ともすれば自分だけ、どん底にいるような気がして憂鬱《ゆううつ》になってしまう。

と、不意に寝ているとばかり思っていた局長が背を向けたままで声をかけてきた。

「……どうした。肇」

「局長。起きてたんですか？　いや、起こしてしまいましたか？」

「案ずるな。ちと考え事があって起きていたまでだ」

「そう、ですか……」

淡々としたやりとりがやっぱりどうしようもなくむなしくて、肇は無意識のうちに再びため息をもらしてしまう。思いだすのは、初めて結ばれた朝、一緒にまどろんだ時のことばかり。あのひと時がずっとつづけばなんて思わずにはいられない。

すると、彼の様子を肌で感じた心梨が尋ねてきた。

「そろそろいやになったか？」

「な、なんでそんなことを――」

「そんなにため息ばかりついていれば、誰だってそう思うだろう？」

「………」

彼女の言葉に、もしかしてという思いがよぎる。

「そんなに、俺を新撰組から追いだしたいんですか？」

「………」

返事はない。肇は、それを無言の肯定と受け取る。途端、やり場のない怒りが胸にこみあげてくる。

「そんなに俺が嫌いですか？　なんで他の皆と同じように扱ってくれないんです！」

言えば言うほどむなしくなってきて、声が大げさなほど震えてしまう。

心梨は振り向きもせず、頑なに沈黙を守ったままだ。

ついに、今まで堪えていたなにかが、肇のなかで音をたてて切れてしまった。

「……もう、いいです！　失礼しますっ！　俺はこんなことしに新撰組に来たわけじゃないですからっ」

そう言うと、肇は体を起こした。そのまま、肩を怒らせたまま大股で歩を進めて、局長部屋から勢いよく出ていってしまう。

「っ!?」

心梨も、思わずとっさに身体を起こそうとするが、その表情に迷いが浮かぶ。胸を苦しげに押さえつらそうに眉をひそめると、彼女は拳を握りしめて目をきつくつぶる。

（こんなこと、か）

寂しげな面持ちを浮かべると、彼の発した言葉を胸の内で反芻《はんすう》する。

そうこうしている間に、肇の荒々しい足音は遠のいていってしまい、やがて聞こえなくなってしまった。

「これでいいのだ。諦めて故郷へと帰るがいい……」

強張《こわば》った声でそう呟く。ようやく彼女が思ったように事が進んだはずなのに、なぜか気持ちが晴れない。

「……くっ」

心にぽっかりと穴が開いてしまったような奇妙な感覚に身震いする。

布団に残ったぬくもりがなぜかいとおしくも寂しい。

「肇」

その名を呼びながら、心梨は無心で布団のなかで手を動かしていた。

右手を密やかな部分へと運び、ショーツの隙間から細い人差し指を割れ目へとおずおずと差し入れてゆく。と、ささやかな叢の向こうに、熱っぽいぬかるみがあった。

「あっ……」

脳裏に電流が走り、心梨は小さく鋭くも甘い声をあげた。

すでにそこは充分に濡れそぼっており、人差し指にまぶされた愛蜜が潤滑油となって彼女の敏感な肉芽をくすぐったのだ。

「はぁはぁ……。なに、ここ……。あ、あ、あぁっ……」

そこをいじっていると、肇と初めて身体を重ねた時の悦楽が甦ってくる。懐かしくも甘やかな気持ちになる。

気がつけば、左手はもどかしげに胸もとをはだけ、手にあまる乳房をやわやわと揉みしだきはじめていた。

手に吸いついてくるような柔肉をこねまわすたびに下腹部の奥が熱を帯び、複雑な襞が別個の生き物のようになまめかしく動く。

「あぁあ……。私、変だっ。なぜこんな浅ましい真似を……。う、うっ。あぁ。はぁはぁ……。んあぁ……」

自分のしていることが、どういうことであるかすらもわからないまま、心梨は快感へと溺れてゆく。

「はぁっ。んんっ。あぁっ、あぁあああっ」

指を二本揃えて、入り口付近で遊ばせてみると、粘り気ある音がして背筋がぞくりとする。ここに青筋を立てたいきり勃《た》った獰猛《どうもう》な器官が入っていき、暴れまわったのだと思い起こすだけで胸の鼓動が速くなる。

初めてのセックスを思いだしながら、心梨は不安を散らそうと、生まれて初めての自慰に没頭する。心が千々に乱れて、そうせずにはいられない。甘い心地よさが、乱れた心を鎮めてくれるような気がする。

「あっ、あぁ……。ここ、硬くなって……。んはぁ……。変な感じ……。ンンぅっ」

ぬるぬるになった指先で、襞をかき分けつつ、敏感なポイントを探ってゆく。

時折、びくっと肩を震わせるたびに、秘所に新たな蜜がよりいっそう滲みでてくる。

困ったような表情を浮かべつつも獣じみた肇の眼光を思いだし、彼にされた時のことを思い起こして手を動かすと、愛撫にも自然と熱が入ってしまう。

そうして、そうなればなるほど、狂おしいほどの渇望が胸の奥から突きあげてくる。

しばらくして、彼女は揃えた二本の指を再び入り口へと添えた。そのまま、ゆっくりと圧をかけて狭い姫洞へと沈めてゆく。

「は、あぁっ。はあはぁ。ん、はぁあ……。い、痛い……。あ、あぁ」

強烈な圧に指は阻まれ、なかなか奥へと入っていかない。

だが、その抵抗を上まわる力をこめてなかを指で穿《うが》ってゆくと、胸の奥がきゅうっと絞られ、情けなくも切ない気持ちが怒濤《どとう》のごとくこみあげてくる。

気がつけば、彼女の目尻に涙が滲んでいた。

「ンっ、こんなっ、コトっ。あはぁ……。するなんてっ。情けないっ。惨め極まりないではない、か……。私は局長なのだぞっ。なのに、んっ、あ、はぁはぁ……」

ひどくいたたまれない気持ちになり、やり場のない怒りと悲しみが混ざり合って心梨を攻めたててくる。

彼女は眉根を寄せ、瞳を閉じて、今自分は肇に攻められているのだと想像する。

(この指は肇の……)

月明かりに屹立した肉棒を思い起こしながら、膣のなかで指を開いてみると、彼をなかへと迎え入れた時にはほど遠いものの拡張感が得られ、心梨はそれだけで切羽つまった声を出してしまい、何度も浅くイッてしまう。

指の隙間から愛液が勢いよく飛びだして、ショーツを布団を濡らしていく。それを最初は気にしていた心梨だが、もはやそれを気にする余裕もなくなってきた。

指をVの字に開いたまま、奥を何度も力任せにリズミカルに抉ると、ずりゅっずりゅっという生々しい音が大きくなり、羞恥が彼女の興奮をより増長させてゆく。

「あ、あぁああっ。は、肇っ。だ、だめと言うにっ……！　あ、あはぁああっ。あぁあああっ。漏れてしまうっ。あぁ、だめだめ、だめぇぇぇぇぇぇっ!?」

やがて、絶頂の前兆を覚えた心梨が、甲高い声で叫んだかと思うと、次の瞬間、喉もとをそらして身体を激しく痙攣《けいれん》させた。

と同時に、膣が激しく収縮して彼女の指を締めあげつつ、大量の蜜を外へと撒き散らした。

緊張から解放された心梨は、身体を弛緩させるとうつろな瞳で荒い息を繰りかえす。

自慰による頭の芯が蕩《とろ》けるような悦楽はすぐに冷めてしまうものの、まだ心臓はとくとくと高鳴っている。

なにが欲しいかは、彼女自身が一番よくわかっていた。

「肇。だが、だめだ……。だめなのじゃ……」

「……なにがだめなんですか？」

「なっ!? な、ななっ!? 肇っ!?」

いきなり、彼の声がして、心梨ははだけた胸もとをかき寄せあわてて身体を起こした。

と、そこに肇の姿があった。障子《しょうじ》を開き、心梨を呆然と見つめている。

「い、いつの間にそこにっ。それになぜっ」

「……いや、刀、忘れたんで。取りに」

彼の視線を追うと、たしかに枕もとには彼の刀が置かれたままになっている。

呆気に取られた心梨は、勢いよくその場に立ちあがると、彼に向かって叫ぶようにまくしたてた。

「あ、阿呆っ！　マヌケっ！　武士の命である刀を忘れるとはっ！　そ、それだから、おまえは新撰組に向かぬのだと。あれほど……」

だが、そこまで言って、言葉をつまらせてしまう。

「阿呆……。もう戻ってこぬと思っていた……」

しみじみと呟いてうつ向いてしまう。顔をあげようと思ってもあげることができない。

さまざまな感情が濁流となって襲いかかってきたため、彼女は、自分が今、どんな顔をしているのかすらもわからない。

「すみません。本当に阿呆でマヌケで」

「そうだな。まったくもってそのとおりだ……」

イライラとそう言い放つと、心梨は彼の傍を通り過ぎ、顔を伏せたまま部屋の外へと出ていこうとする。

だが、すれ違いざま、その手首を肇が強く握りしめていた。

「……なっ」

「どこへ行くんですか!?」

「どこへ行こうともおまえには関係なかろうが……」

どうしてこんな言い方しかできないのだと、心梨は自分を恨めしく思うが、元々口下手な彼女にはどうしようもない。

「でも、人の名前を呼んでおいてそれはないでしょう」

「……それはっ」

返答につまった彼女の身体を、肇は力いっぱいかき抱いた。

あまりにも突然の出来事に、心梨は驚き、目を見開いて息を呑む。

「局長。俺、局長のことがよくわからなくて……。つい、さっきはあんな馬鹿な真似して。でも、局長は俺の名前を呼んでくれましたよね」

「は、肇……。それは、それは違うのだ……」

「なにが違うんですか」

「………」

つらそうに目をつぶると、心梨は言葉を失ってしまう。

「だめだってわかってるんです。でも、俺は……」

そう言うと、肇は彼女の顔を上向かせた。

彼の顔をまっすぐ見ていられなくてすぐに顔を逸らしてしまおうとする彼女の唇を自分の唇で塞ぐ。

「ンっ……。っふ。ん、っンンっ」

柔らかで少し荒れた唇が押し当てられた途端、くすぐったいような心地がして心梨は思わずくぐもった声をもらしてしまう。

唇同士が重なった場所から甘い快感が染み入ってくるようだ。

肇は、悩ましい彼女の声を耳にし、今まで堪えていた気持ちが堰《せき》を切り、奔流となって理性だの世間体だのといった固い考えを押し流していくのを感じる。

荒ぶる気持ちにすべてを委ね、肇は彼女の唇を舌先でなぞる。滑らかな唇の感触が舌先に伝わってきたかと思うと、さらに柔らかな熱を感じた。

おずおずと差し伸べられたそれを、肇は思いきり吸いたてて絡め取る。

「んくっ。ん、ンンっ。はぁはぁ、あ、っふ……。ちゅ……。くちゅ、んは……」

舌と舌とが情熱的に絡み合い、温かな唾液を啜り合う。性器同士が絡み合うのにも似た粘ついた音が二人の唇からひっきりなしにもれはじめた。

二人は局長部屋の入り口で抱きしめ合ったまま、ぎごちないディープキスに溺れてゆく。たちまち、心梨の蕾が硬くなり、たっぷりとした柔肉もろとも、肇の胸板へと押しつけられる。

対照的な硬さと柔らかさを胸に感じ、肇の股間はすでに硬さを帯びつつあった。

「ちゅ……。ん、はぁっ。わ、私は……。局長だ、ぞ……。ん、はぁあ、あぁ」

悩ましい声をあげ、滑らかな舌を絡め合っているにもかかわらず、心梨はまだそんな気丈なことを言ってのける。

「でも、女の子ですし」

「そ、そんなことはっ……。あ、あはっ。ンっ。こ、こらっ」

「女の子です。ほら、こんなに……」

肇が、いったん唇を離すと、二人の唇と唇の間を唾液のアーチが結ぶ。

その様がなんだかとてもいやらしいものに感じられ、心梨は目をそらした。

が、彼女の乳房を、後ろにまわった肇が両脇から抱きしめるように持ちあげた。

メロンのような形よい果実が彼の手からはみでんばかりで、ただでさえはだけた胸もとがさらにはだけられ、まろやかな肉が彼の手から逃げだそうとたふたふと揺れる。

「あっ。そんなっ。こ、これは……。あ、う……」

「すごく、大きいし柔らかい……。こんなの女の子にしかないものです……」

「はっ。あ、んぅ。そんな、ことっ、言うな……。は、あぁっ、くぅっ」

形を縦横無尽に変えつづける乳房を見せつけられながら、心梨は唇を噛みしめる。女であることを指摘されることは嫌いなはずなのに、肇にいじられるおっぱいから目を離せなくなってしまう。それどころか、甘い声のトーンはさらに高くなっていくばかりで激しい羞恥に苛《さいな》まれる。

「ここだって……」

「あ、そ、そこはっ。や、やめろっ。あ、あ、あぁあっ!?」

短い裾を捲りあげられ、ショーツがあらわになってしまう。

あわてて彼の手を阻もうとするも、すでに時遅く、甘酸っぱいかぐわしい蜜の香りが周囲に漂っていた。

「キスして胸をちょっと触っただけでこんなになるのは女の子だからでは?」

「っく……。やめろっ……。違うっ！　これは、違う、違うのだ……」

ついさっき、自身の手で浅ましいことをしてしまった結果、着物の裾を捲りあげただけでいやらしい匂いが鼻につくほどまでに濡れてしまったのだと言おうにも、それはそれであまりにも恥ずべきことで口に出すこともできず、困り果てた心梨は彼の手から逃れようとした。

だが、獣の本能に目覚めた肇は彼女を逃がさない。

彼女の身体を廊下の柱へと押しつけると柱ごと彼女を抱きしめたのだ。

「だ、だめだっ。離せっ。肇……。だめだと言うにっ」

それでも、彼の胸のなかでもがいて逃れることを諦めない心梨の動きを牽制すべく、肇はとっさに懐《ふところ》からたすきを取りだした。

彼女の細い腕を柱の後ろにまわさせ、手首を並行に並べてたすきで縛める。

「あ、はぁはぁっ。あ、あぁあああ……。なにを、する……。う、うう、ンっ」

思いもよらないことをされ、心梨は耳まで真っ赤になると、縛められた手に力を入れて逃れようとする。

が、逃れることができず、かえってたすきがよれてしまい、いっそう彼女の手首をきつく縛める格好となる。

だが、不思議とそれを屈辱だとは思わない。

(な、なぜ……。部下にこんな屈辱的なことをされているのにっ。わ、私はどうしてしまったのだ)

明らかにさっきよりも体温が上昇している。息が弾んでしまい、胸の奥がきゅうっと締めつけられる。

後ろ手に縛られ、息を乱した彼女の姿に肇は目が釘づけになってしまう。

ただ縛っただけなのに、今まで彼女の男っぽかった部分が一気に鳴りを潜め、代わりに女らしい妖しい色香が立ち昇っている。

その匂いたつような彼女の魅力に、肇はあてられてしまう。

「……すごく。女っぽいですし。心梨」

局長という部分はそっくり削ぎ落とされ、ただ一人の女として彼女はそこにいた。

気がつけば、肇は彼女の名を呼んでいた。

心梨は、初めて彼に名前を呼ばれてどきりとする。もう、今となっては彼女の周囲に、彼女を心梨と呼ぶ人間はいなかった。そういえば、幼い頃、今は亡き両親に名前を呼ばれていたなと懐かしく思いだし、心梨は不思議な心地になる。

「わ、私が女らしいなどと、たわけたことを……」

「たわけたことじゃないです」

目を細めると、肇はその場に膝をついた。

すぐ目の前に、少女の股間が迫り、甘酸っぱい香りがさらに濃厚に漂い、彼の脳を痺れさせる。

ややこんもりと盛りあがった恥丘のなだらかな丸みに、しとどに濡れた薄布が張りついてしまっている。

「な、なにをするっ。あ、や、やめっ。ん、ンンっ、あぁっ、あぁああっ」

「はぁ……、すご……。心梨。ここまで濡れてるってさすがに俺も」

そのあまりの濡れように驚き、上ずった声をあげた彼は指先でショーツをつつっとなぞる。わずかに粘ついた蜜が彼の指先を濡らし、彼が爪の先で割れ目の先端をくすぐると、少女の膝小僧が大げさなほど頼りなげに震えてしまう。

「あぁっ。それはっ、違う……。おまえに触られたからでは断じて……」

「知ってます。俺に触られたと想像して、自分でいじってたんですよね？」

「なっ、そ、それは……」

心梨の身体中の血が沸騰して頭へとせりあがってくる。

冷静に思い起こしてみれば、肇があの痴態に気づいていない可能性のほうが低いはずなのに、気づかずにいてほしいという願いにすがっていた自分に心梨は気がつく。

「それ、俺、すごくうれしくて……」

死ぬほど恥ずかしいと目をつぶって、「痴れ者」となじられることを覚悟していた心梨だが、想像とはまるで違う彼の言葉に驚きを隠せない。

「肇……」

「俺がしますから。自分でしないでください」

「あ、あぁっ、は、肇っ。あっ、ン、あぁあぁぁっ！」

ショーツ越しとはいえいきなり肇が秘所に吸いついてきたからたまらない。心梨は頭をのけ反らせて身体を思いきりいやいやとくねらせた。その動きで、かろうじて乳首を隠した状態だった乳房が、はだけた着物から勢いよく飛びだしてしまう。

「そ、そんな汚いこと……。だ、だめっ。あ、あはっ、はぁあんっ。肇ぇえっ」

逼迫《ひっぱく》した声色で名前を呼ばれると、ますます肇は彼女を苛めたくなってしまう。わざと音をたてて、ショーツの上から敏感な肉芽を吸いたて、尖《とが》った舌で揺すぶりをかけてやる。

「あぁっ、あはぁあっ。やっ、やぁっ。っく。っふう……。やあっ、いやぁああ」

太腿をきつく閉じてせめてもの抵抗を試みる彼女の様子もたまらなく淫靡《いんび》で、肇は彼女の股間を吸いたてるのに夢中になってしまう。

ややとろみがあるジュースを味わいつつ、ヒップに張りついたショーツに指を差し入れて、引き締まったヒップを揉みはじめた。

蒸れた股間とは対照的に、丸みを帯びたヒップはひんやりとしている。ヒップまでびしょ濡れのショーツに興奮を覚えつつ、その温度の落差を楽しみながら、肇は彼女の尻肉を左右にひろげてみたかと思うと、鳥肌立った表面を手のひらでくすぐりつつ、やがて背後から割れ目に指を這わせた。

くちゅりという音をたてて、柔らかに濡れた肉に中指から小指までの第一関節が秘やかに沈む。

「あ、あ、ンあぁはぁあああああっ」

「しっ、静かにしないと、誰か来るかも……」

「んはぁっ。だが、声を堪えようにもっ。ん、はぁ……。手が……」

「でも、こうしたほうが気持ちよさそうですし」

「つく、そ、そんなことはけしてっ。んっ！　ンンっ！　あ、あぁ」

股間に沈んだ穴を左右にひろげるように肇の手が動き、心梨は唇をわななかせて身体をのけ反らせた。

「やっ、だ、だめっ。あ、出るっ。出てしまってる……。いやっ、あぁっ」

いくら足を閉じようとしても、ヒップに力をこめてもどうしようもない。

秘裂を背後から割り開かれた彼女は、ただ愛液が垂れ流しになってしまう羞恥に堪えるのみだった。

粗相をしてしまったかのように、蜜は綻びから溢れだし、内股を次から次へと伝わり落ちてゆき、くるぶしを濡らして愛液溜まりを廊下に作ってゆく。野性を誘発する香りがより濃厚に漂っていた。

「やあっ、あ、あぁっ。恥ずかし、い……。こんなっ、あ、あうぅ……」

赤毛のポニーテールを揺らしつつ、心梨は肇に切なげな瞳を向けて許しを乞う。

だが、そうすればそうするほど、彼の征服欲に火をつけてしまうこととなる。

肇は息を荒げながら、いったん顔を上へ移動させ、ショーツに歯を立てて引っ張ったかと思うと、顔を下へと動かした。

当然、ショーツはよれて紐状になり、太腿のあたりでかろうじて留まっている状態になる。

ささやかな叢はすでに濡れて股間へと張りついていた。

むっと強くなった香りをあまさず吸いこむために、息を大きく吸いこむ肇。

そんな彼の動きに心梨はやはり反応してしまう。指で開かれたままのラヴィアが収縮しようとひくつき、新たな蜜が涎のように垂れてくる。

いったん肇は尻たぶごと秘所を割り開いていた手を離すと、今度は前のほうから親指を合わせて凹《へこ》みに当て、左右へと割り開いてみる。

すると、すでに肉莢《にくさや》は剝け、肉突起が顔をのぞかせ、てらてらと光っている様が確認できる。

「やっ。み、見る、なっ。あ、はぁああっ！　や、あぁん。んあぁあああ！」

肇の熱い吐息や視線を恥ずかしい箇所に感じ、彼女の意志に反してまたもひくひくと蠢《うごめ》く女陰。その動きに合わせて、クリトリスが誘うように動いたため、肇は舌先でじかにそこに触れたかと思うと、思いきり吸いついた。

もうこれ以上はないと思っていた快感をさらに上まわる強烈な快感が、彼女の思考能力をかっさらってゆく。

「はぁあっ。やぁあっ。はぁあ。そこっ、そこだけはっ。や、やめっ。ン！　ンンンンンっ!?　やあ、許してぇえっ。あはっ。はぁあああぁん」

心梨は、まるで狂ってしまったかのように、激しく頭を左右に振りたてる。いや、いっそのこと狂ってしまえたらどんなに楽かとも彼女は思う。

だが、まだ心梨は完全に自分というものを手放せずにいる。だからこそ、苦しくてならない。

淫らな嬌声《きょうせい》を抑えきることはできないのに、局長という肩書きを気にしてしまい、罪の意識に苛《さいな》まれる。ひっきりなしに襲いかかってくる獰猛《どうもう》なまでの快感のラッシュに溺れきってしまうことができずにいる。周囲に声がもれ、他の隊士に気がつかれやしないかと気になって仕方ない。

だが、皮肉なことに、その切迫した状態が、かえって彼女の羞恥を煽り、さらに彼女の感度を高めてゆく。

「んっ！　はぁあっ！　あぁっ、もうっ、もうっ。また、またぁあっ。ひゃうっ、はぁああ、あ、ンあぁああ。やっ、くぅう。や、はぁああぁあっ!?」

自分でした時よりも数倍強いエクスタシーが彼女を歯牙にかけた。その状態をなんと表現したらいいかわからない心梨は、不明瞭な言葉を発しながらびくびくっとひときわ派手に精をやった。

同時に、ぷしゅっと水鉄砲のごとく、勢いよく割れ目から潮が飛びだしてきて、肇の顔を濡らしてしまう。

「わっ……。すごく出てきた……」

「はぅうっ。う、うぅうう……。あうぅっ。お、おまえが悪いのだぞ。そ、そ、そんなこと、するから……」

心梨の発する台詞《せりふ》こそいつもと変わらないが、その語気はひどく弱くて、彼女が罪悪感を感じているとすぐにわかる。本当は謝りたいのに、謝ることができないのだと語調が証明しているも同然だった。

短い吐息を何度もつきながら、心梨は乱れきった呼吸を懸命に整えようとする。

「うん。でも、すごく激しくイケたみたいだし……。それならいいんです」

潮が目に沁みたせいで目を擦りながらも満足げに笑う肇に心梨は聞きかえす。

「はぁはぁ……。んんっ、イクぅ？」

「さっきみたいにすごく気持ちよくなること」

肇が子供に教えるようにそう教えてやると、思い当たる節があった心梨は、途端に顔を真っ赤に染めてどもりながら言った。

「そ、そうなのか。お、おまえ、真面目そうに見えて、結構いやらしいのだな。そもそも、なぜそんなことを知ってるのじゃ」

「いやっ、えと。そりゃ一応男だし……。そもそも善雄の奴がいろいろと吹きこんできて」

物心ついた頃からマセていた善雄の影響もあり、そっち方面に関する知識だけは豊富だった。

だが、それを女の子に指摘されるとなると、妙に気恥ずかしく、暗にむっつりスケベと非難されているようで、つい言いわけもしたくなる。

「むぅ……。わ、私の他にもっ、こ、こんな恥ずかしいことをしていたのか!?」

「ま、まさかっ!? お、俺だって局長とが初めてですし……」

「……なら、いいが」

心梨は甘えるように肇の瞳を覗きこみ、口を尖《とが》らせて長い睫毛をしばたたかせる。

そんな仕草一つひとつが、肇の笑みを誘い、胸の奥の暖かい気持ちがさらに熱を帯びてゆく。

この感情をなんというか、鋭い彼もさすがに気がついていた。

だが、それをどう表現したらと考えてしまうほど、口から言葉が出てこない。

だけど、今こそ言っておかねばならない時だと思う。

(ええいっ。男だろ！　決める時は決めろっ！)

一瞬、局長の立場やらが頭を掠めるものの、彼は自らを内心叱咤《しった》する。

言ってはならない言葉かもしれない。だけど伝えたいという気持ちのほうが肥大してしまい、どうにも収まりがつかなくなっていた。

彼はその場に立ちあがると、心梨の瞳をひたと見据えて震える声でついに言った。

「……心梨。俺、あ、あなたのことが好きです」

「肇……。あ、ンンっ!?」

返事を聞く前に彼は彼女の口を再度唇で塞いでしまう。

さっき、少女の陰部を貪っていた舌が侵入してきたため、彼女の口中にも、ややしょっぱい味がひろがる。

汚いと思っていた場所を懸命に舐められ、その口でまたキスをされる。倒錯した妙な感覚が少女の胸を妖しく昂らせはじめていた。

それは、互いの恥ずかしい部分も汚い部分も丸ごと受け入れること——

彼女が今まで知らなかった領域だった。

すっと肩の荷が軽くなった気がする。いつも、局長である自分を意識するあまり、隊士たちの前では常に完璧であろうと無理をしていた自分を別人のように感じる。

（こんなに浅ましい私の姿を見ても、好きだというのか……。こいつは……）

心梨は、自ら積極的に舌を伸ばしはじめた。甘い声をもらしながらも、彼の口のなか深くに舌を差し入れて、歯列を舌先でなぞったかと思うと、愛蜜交じりのあまじょっぱい唾液を啜って飲む。

彼女のそんな変化に、肇はいち早く気づいていて、胸躍るのを抑えることができなかった。

勇気づけられた彼は、キスをしながら袴の紐を解き褌も解いて半身を露出させた。すでにそこは四十五度を超える角度と鋼の硬度を誇っている。はや、準備は万端だ。

肇は、彼女の片足を膝裏のところで抱えこみ、腰を前へと進める。

「ンンンっ!?　んはっ、んむっ。っふう……。ちゅ、ンンっ」

灼熱の肉竿が媚肉へと滑りこみ、濡れた内腿を擦りたててくる。肝心の奥へはなかなか侵入してこない。焦らされ、もどかしい想いが彼女の腰を落ち着きなく揺らす。

彼女は思わず、ディープキスを中断し、その理由を問いただしてしまう。

「あうっ。は、肇。ど、どうして……。いったい……。あぁっ、ンっ」

しまったと思うも、もう遅かった。

肇が口端に意地悪な笑みを浮かべると、鋭い双眸《そうぼう》で彼女の瞳を射抜いたのだ。

「どうしてって？　じゃ、どうしてほしいんです？」

「……どうしてって。そんな恥ずかしいことっ。い、言えるわけないっ」

「言ってください。じゃないとわかりません。言わないとこのままです」

「あ、あ、あぅううっ⁉　それはっ、はぁ。あ、あ、あぁあっ」

俗に言う素股の状態で、ペニスが膣の入り口を擦りたててくる様は、切なくて仕方ない。透明な体液が身体の奥からこんこんとはしたないくらいに滲みでてきて、肉竿を濡らしてゆく。自身の反応に驚きつつ、擦られるたびに周囲の静けさを破る粘着質な音を耳にしながら、やがて心梨はこう呟いてしまう。

「あぁあっ。い、挿《い》れて……。欲しいっ」

顔から火が出て昏倒してしまうのではと思うほどに彼女は恥ずかしくて。でも、昂りきってしまった身体をこのまま焦らされて弄《もてあそ》ばれることは堪えられない。

強張《こわば》った声でようやく恥ずべき欲求を口にした途端、不意に限界まで張りつめた塊がなかへと力いっぱい侵入してきて、心梨は口を大きく開いてひっと声をつまらせた。

「かはぁっ！　あ、あっ、かっ。硬いっ。あ、あ、裂け、そうっ。く、あぁあっ」

直立したまま片足をあげた状態で挿入されたのだ。

正常位で抉られる場所とはまた異なる個所を深く抉られ、彼女の膣は未知の感覚に歓喜の声をあげて、侵入者を果敢に締めつける。

ぬめついた凹凸《おうとつ》に敏感な半身を食《は》まれ、肇は小さくうめく。

だが、必死に射精感を堪えて彼女の両足を抱えこんだ。ちょうど柱に彼女の腰が押しつけられ、そこを支点としてバランスがとれる。

「あっ、は、はぁあ……。あ、あぁああっ。ン、深いっ。お、奥まで当たってっ。はぁはぁあ。ン、あぁ……」

自身の体重も合わさって、より奥へとペニスが食いこんでしまったため、心梨は息をつまらせて身体を震わせる。

変に力が入ってしまい、爪先が丸まって、今にも足がつりそうになってしまう。やがて、肇が腰を前後上下に動かしはじめた。その動きに合わせて性器が歪み、鈍色の刀身が出たり入ったりを繰りかえしはじめる。

女性の本能ゆえに、その乱暴ともいえる男らしい攻めから逃れようと、心梨は懸命に腰を後ろに引こうとするものの、手首を縛められ足を抱えこまれ駅弁にも似た体勢となっているせいもあって、かえって物欲しげにねだるような悩ましい動きになってしまい、いっそう頬の熱が増すばかりだった。

「ンっ！　ンぅううっ！　はぁっ。あっ、あ、あ、あぁああっ!?」

身体が揺すられ頼りなく手足が揺れ、乳房が上下にたゆんと弾むたびに、閉じた目蓋の裏に火花が散る。

子宮口をノックされるたび、鈍器で後頭部を殴られたかのような錯覚を覚える。

「はぁっ。んはぁあっ。あ、あふっ。っく。ん、んあぁっ、や、やぁあっ。奥っ、は、はぅっ。ン、あぁあ、奥ぅっ。変っ、あ、あ、あぁっ、やぁああっんっ！」

抽送の動きに合わせて、切羽つまった喘ぎ声が発せられる。それがなんともエロティックで肇は夢中になってしまう。自分の攻めこそが、彼女を翻弄しているのだという満足感に打ち震える。

その一方で、時折、不意にきゅうっと姫洞が怖いくらいに狭まり、腰を振りたてる肇を追いつめてゆく。

それでも、肇は一心不乱に腰を振りつづける。熱をこめて、彼女の奥へより奥へと亀頭をねじこみつづける。強い膣抵抗をものともせずに、ただがむしゃらに情熱をぶつける。

二つの大ぶりな乳房が中央でぶつかっては弾かれ、たわんでへしゃげてを繰りかえしつつ、つながった箇所からはひっきりなしに水しぶきがあがる。

「や、やぁああっ。もっ、だめっ。あぁああ、我慢できなくっ。なって。あ、ン、んあぁあっ。イクっ！　だめぇええっ。イッてしま、あ、あぁああ、っうぅぅうっ！」

すでに呂律がまわらなくなった舌で覚えたての言葉を転がして、心梨はポニーテールを振り乱して鋭く叫んだ。

その声に合わせて、「心梨っ！」と彼女の名を叫びつつ、肇は思いきり腰を上へと

突きあげた。

刹那《せつな》、一番奥でどくんっと弾頭が弾けてしまう。

「はうっ！　んあぁあっ。んあぁぁあああっ！　肇っ、あ、あふっあぁぁぁあ！」

溜めに溜めていた若い白濁汁が、三度に分けて吐きだされると、容赦《ようしゃ》なく彼女の最奥に到達し、逆流してつなぎ目から溢れでた。

愛液溜まりへと滴り落ちて、その澄んだ水溜まりを濁らせてゆく。

「はぁっ、あぁ、はぁああっ。あ、あぁあ……」

身体中の力を抜き、心梨は自身の右の肩に頬を乗せて、絶頂の余韻に浸る。

濃厚な交わりのせいで髪留めがずれ、今にもポニーテールは解けてしまいそうだ。

乱れた髪が彼女の額に頬にと張りつき、たった今終わったばかりの行為の激しさを物語っていた。

「……心梨」

心梨を気遣うようなまなざしを向け、汗にまみれた額を肇が撫でてやる。心梨は重い目蓋をなんとか開いて、彼のまなざしを必死に受けとめようとする。

そのやりとりだけで、肇は彼女と気持ちが通じ合ったのだと思う。

ぎこちなく彼は微笑みかけると、彼女の頬へと気持ちをこめて軽くキスをした。

「肇……」

愛情あふれるそのキスに、心梨はくしゃっと顔を歪める。

だが、その時だった。彼女の髪留めが音をたてて廊下へと転がった。

丸に三引——近藤家の家紋をかたどったそれを見た瞬間、心梨の蕩《とろ》けきった表情が急に引き締まる。

「心梨？」

「……肇、降ろせ」

いきなり声色が変わった彼女を、信じられないといった顔で肇は見やる。

「え!?　だけど……。なんで急に……」

「局長命令だ。降ろせと言っている。これ以上無礼を働けば人を呼ぶ」

「…………」

すでに、そこに彼の想い人はいなかった。

どこまでも冷徹な表情を浮かべた新撰組の局長がいた。

肇は混乱してしまう。たしかに通じ合うことができたと思ったはずなのに……。

満たされたと思ったはずの気持ちがたちまち硬化してしまう。

青ざめた彼は、局長命令に従い、彼女から半身を引き抜いた。

ぐぷりっというくぐもった音をたてて結合が解かれた途端、大量のザーメンと潮と愛液とが混ざり合った液体が、溢れでてきて床を汚してゆく。

（ここまでしてもだめか……）

よがり狂っていた彼女の姿が遠のいていき、薔薇《ばら》色だった心がたちまち重く垂れこめた暗雲に覆われてしまう。

彼女の身体をおろすと、肇はたすきで縛りあげた彼女の手首を自由にしてやる。

細い手首には赤い跡が残っていた。その跡をさすりながら、心梨は虚《うつ》ろな目をして彼へと厳しく告げた。

「斎藤肇。本日をもって、局長の世話役としての任を解く。当然のことながら、隊長の沖田の言よりも私の言のほうが優先される。わかったら部屋へ戻れ」

「……はい」

一抹の希望もあっけないほどたやすくこなごなに打ち砕かれてしまう。

やっぱり、近藤心梨は一人の女の子ではなく、あくまでも局長なのだと、彼は思い知らされた。

（俺は馬鹿だな。所詮、叶わない夢だってわかっていたはずじゃないか……。なにを今さら驚く必要があるんだ）

内心、そう自分に言い聞かせるものの、わかっているのとそれが平気なのかということはまったくの別物で。

肇は、魂が抜けたような呆けきった表情で彼女を見た。

だが、ついに最後まで彼女が彼に微笑むことはなかった。
闇色に塗りつぶされた重苦しい夜がじりじりと更けてゆく。

第三幕 恋せよ、乙女 恋せよ、剣士

1 試練

「ねえねっ！ どこ行く？ 新しくできた甘味屋さんさ、すっごくおいしいあんみつがあるんだって。しかも、なんと三人前の量っ！ これはもう行くしかっ」

「賛成っ！ でも、乳道堂の乙女かき氷も捨てがたいっ」

「えぇえっ！ それ言うなら中野ぶろうどの十段重ね団子も譲れないよ」

「でも、皆、知ってる？ こないだできた薄皮タイ焼き屋さんもすごくおいしいんだから」

「えぇぇえっ!? 沖田隊長、さっすがー。詳しいですねー」

「でも、着物も新調したいし～。うーん、お菓子をとるか着物をとるか悩むなあ。鼈《べっ》甲《こう》の髪飾りも欲しいし」

「えっへへ、じゃあさあ、タイ焼きならあたしがおごってあげるよぉ〜」

「きゃあっ！　隊長っ、愛してる！」

新撰組の屯所は月に一度ほど、いつもの五割増し乙女らしい声がひしめく日がある。

今日がその日、隊士に俸禄が与えられる日だった。朝練が終わり、朝餉《あさげ》が終わったあと、局長から隊士たちに俸禄が手渡された。

手柄や入隊年数等によってこの額は決定され、今日一日だけは完全に自由行動が許される日でもある。それもあって、昨日からすでに隊士たちは賑やかだった。

だが、そんな和気《わき》藹々《あいあい》とした集団から一人離れ、肇は縁側でぼうっと日向ぼっこに耽《ふけ》っていた。いつもその辺をうろついているタマと呼ばれている野良猫がどこからかやってきて、肇の膝に乗っかっている。

微妙にとぼけた雰囲気が漂っていて、その光景を目にした善雄は吹きだした。

「よう、どうした。なんだか、おまえ、そういうふうにしているの似合うよな。じじくさいっていうかさ。ってか、せっかくの俸禄日だってのに元気ねえじゃねーか？」

「……放っとけよ」

煩《わずら》わしそうに善雄を片手で追い払う仕草をしつつ、もう片方の手でブチ猫の喉を撫でてやる。だが、ブチ猫は腐っても野良のプライドゆえか喉を鳴らしもしない。ふてぶてしい顔で悠然と毛づくろいをはじめる。

「ははーん、さては局長に失恋したってとこか？」

「…………」

図星を衝かれ、肇は眉間に深い皺を寄せると大きなため息を一つついた。

まさかそんな反応がかえってくると思っていなかった善雄は面食らってしまう。

「げ、マジか？」

「放っとけって言っただろ？　マジでキレるぞ」

「すまんすまん……。いや、でも、まあな……」

幼なじみの横であぐらを組むと、彼はぼそっと言った。

「やめとけって言おうとは思ってたんだぜ？　これでも何度も」

「余計なお世話だ」

「だと思ってな。それにそれを言っちまうってことは、俺も負けを認めるみたいな感じがしてどーもよ」

そう言うと、善雄ははしゃぎまくる隊士たちを叱りつけるカレンを遠目に見て目を細めて肩を落とした。

沈黙が二人の間に訪れる。すずめのさえずりがどこか物悲しい。

「……花街にでも繰りだすか？」

「それもいいかもな」

「おお、珍しくノリいいじゃねえか。俸禄は、田舎に送るとか言ってたくせに」

「……無論、残りは全部送る」

「お互い、とんでもねえ女、好いちまったな」

「かもな」

二人は苦笑しながら、やや強くなってきた日差しに包まれて、ぼうっと佇む。

なにか無理に話題を探すようなこともない。気の置けない友人と並んで、ただ沈黙に浸るのが心地よかった。

日が傾《かたむ》き夕暮れ時を迎えた時分になって、ようやく彼らは立ちあがった。

だが、善雄と肇が屯所から出かけようとしたところ、何者かに呼びとめられた。

「あなたたちっ」

見れば、玄関に背を預け、腕組みをしている副長がいた。腕組みをしているせいでさらしに縛められた爆乳が普段よりさらに強調され、さらしの上に柔らかな肉が乗っかって食いこんでいる。その様子にごくりと唾を呑みこみながら善雄が言った。

「……は、はいっ！　なんですか!?」

「ちょっと私についてきなさい」

「え、俺と……。肇もですか？」

「ええ、そうよ。二人とも。急な任務が入りましたの。さほど難しい案件ではありませんわ。あなたたちにやらせてみたいの」

「はい……」

俸禄日は完全に自由行動のはずなのに、と肇は怪訝《けげん》そうな顔をする。

だが、善雄は憧れの君の傍にいられるだけで満足なようで上機嫌だった。

カレンが、二人を先導して、肩で風を切るように悠々と大通りの真中を歩いてゆく。

その後ろを肇たちがついてゆく。ややピンクがかった朱色の着物に、珍しい紫色の長髪――

そのコントラストは、遠目にも鮮やかでどれだけ大通りが人で賑わっていようとも、けして見失うことはないだろう。彼女が歩くと、次々と通行人が道を譲り、モーゼの十戒のごとく人ゴミが二手に分かれてゆく。

民のために悪霊退治を行なう新撰組が、こうも都の人々に恐れられる理由がまだいまいち彼らにはぴんときていなかった。

だが、すぐにそのわけを知ることとなる。

大通りを十分ほど行き、花街の入り口から二本目の細い路地へとカレンは入ってゆく。

入り組んだ道をゆき、しばらくして彼女は小さな一軒のお茶屋の前でとまった。

「ここですわ。悪霊が一体、居座って困っているらしいの。だから、あなたたち、斬りなさい」

「えっ⁉　お、俺たちがですか⁉」

「そうよ。そろそろまともな仕事にかかってもらってもいい頃でしょう？　特にあなたは、局長のせいでもてあます力を活かす場がなくて物足りない様子だったの知ってますわよ？」

「……俺、やります」

唇の端をきゅっとあげたカレンが半眼になって肇へと向けて言った。

彼女に発破をかけられ、肇は腰の刀に手をやって力強くうなずいてみせる。

「無論、俺もっ！　やりますよ！」

「まぁ、心強いこと。うまくできたら、私直属の部下にしてさしあげてよ？」

「俺、頑張ります！　カレンさんのためならなんだってしますよ！」

奮起してすでに刀を抜き払った幼なじみを、肇は驚きの目で見た。

こいつ、こんなに熱い奴だったっけと思う。

たしかに、善雄は普段から調子のいいことを言うタイプではあるが、いつもそれは口先だけのことで、ここまで本気の彼は見たことがない。新撰組へと入隊して、なにかが少しずつ変わりつつあるのだと肌で感じる。

「では、タイミングは私が知らせますわ。行きましょう」

「は、はいっ！」

善雄と肇は同時に返事をする。

カレンは注意深くお茶屋の戸を開いた。三味線の音に混ざり、華やかな女たちの嬌《きょう》声《せい》や拍手《はくしゅ》が聞こえてくる。

すでに手はまわしてあるらしく、誰も彼らの動きを見咎《みとが》めない。

息を殺しつつ猫のようにしなやかな動きで、副長は肇たちを先導してゆく。

階段をあがっていくたびに、二階での賑わいが近づいてくる。

「まあ、大黒屋さんたら、いやどすわぁ。ほな、もっと誰か呼びましょか？」

「ははっ。女将《おかみ》、それじゃあこないだ入りたての娘を連れてきてもらおうか」

「まあま、はいはい。わかりましたえ」

女の会話に混じって野太い男の声が聞こえる。

だが、その時、鈴を転がすような笑い声が突如混じった。その抑揚のないあまりにも異質な声に、肇と善雄は思わず動きをとめてしまう。

「あははっ、あはは、あははは、あ～そぼっ」

心臓がどくどくと太い鼓動を刻み、手に粘ついた汗が滲みでてくる。

女将が階段のほうへとやってくると、怯《おび》えた表情を顔に張りつかせたまま、黙ってカレンに目配せをしてみせる。

緊張がさらに高まってくる。悪霊を倒すか殺《や》られるか——

さまざまな想いが、肇たちの胸に去来して、集中をかき乱そうとしてくる。

(俺だって……。できる。やれる。新撰組に相応しくないというなら、相応しいって認めさせてやる)

肇は、昨晩の心梨の凍《い》てついた表情を思い起こして自分を鼓舞する。

もっと変わらねばならない。棲む世界が違うのだというならば、彼女の世界へと踏みこめばいい。そんな強い思いがこみあげてくる。

しばらくして、カレンは肇たちを見やると、手で合図をした。

その合図に従って、肇と善雄は互いにうなずき合うと、目を閉じて眉間に集中する。

心を空にして、集中した力を徐々に丹田《たんでん》へと移し、気を練りあげると、覚悟を決めて刀の柄を握りしめた手に力をこめ、気合もろとも部屋へと乗りこんだ。

「なっ、何奴じゃっ!?」

なかにはよく肥えた男がいた。いきなりの侵入者に目を剝き、油断して体の右側に置いていた刀をあわてて手繰《たぐ》り寄せる。

と、その場にいきなり一人の少女が現われた。

ちょこなんと座り、黙々とお手玉をしている。見た目はまだ齢《よわい》五つにも届かぬ可愛らしい幼女である。

（嘘だろう……。あれが悪霊!?）

肇は自分の目を疑った。

だが、その少女は、男に背を向けたまま、愛くるしい顔を一八〇度回転させてにぃっと笑う。

「おじさん……。あ・そ・ぼ」

「ひ、ひぃいいい、ひぃいいいいいいいいいいいいいいいぃいいい！」

その空気を切り裂く叫び声が合図となった。

「臨《りん》、兵《ぴょう》、闘《とう》、者《しゃ》、皆《かい》、陣《じん》、裂《れつ》、在《ざい》、前《ぜん》っ！」

二人が同時に唱え終わり、十字の印を刀で結んだ瞬間、刀が仄白く光り輝く。

その様子を落ち着いた様子でカレンは見守っている。

「うおぉあおおおおおおぉあああああっ！」

善雄と肇が、無我夢中になって少女へと光り輝く刀を振りおろす。

「誰っ！　邪魔しちゃ嫌いっ！」

刹那《せつな》、少女の声が空気をつんざいた。

長い爪が伸び、肇の胸もとを抉る。

鋭い痛みを感じつつも、教わったとおり、彼は無心でよく練った気を手にこめて、刀を一息に振りおろした。

鈍い音があたりに響き渡った。ごとりと少女の身体が畳の上へと転がる。

「どして？　もっと、もっと。遊び、たかった、だけ、なのに——」

苦しみにのたうちまわるでもなく、目を見開き信じられないといった様相で目をしばたたかせる少女をどこか遠くの出来事でも見るように肇は見おろしていた。

次の瞬間、粉となって崩れ落ちてゆく少女を見おろすカレンが、重々しくも厳《おごそ》かな物言いで言った。

「——悪霊退散、天誅、完了」

初めての退魔は、肇が想像していたものとはまるで異なっていた。

肉を裂く時の感触が手にまだ残っている。悪霊を退治したという実感ではなかった。

胸に滲むのは、ただ無邪気に遊んでいた子供を斬ってしまったのだという罪悪感——

「おい、肇……。怪我してるじゃねえか。平気か？」

善雄の声がどこか遠くで聞こえる。

彼が懐《ふところ》から手ぬぐいを取りだしてそれを裂き、善雄の胸にあてがう。

善雄が手で押さえただけで、血がとまってゆく。

圧迫による止血ではあったが、カレンの瞳にはすぐにそれだけじゃないとわかる。

「……ほう。医術の心得のみならず、妙な力を」

思わず感心の声をもらす。それは、退魔の力にも似た力だった。

「本当の手当てって奴ですよ。これくらいは普通にできます」

「……能ある鷹、か」

「大したことじゃないっス」

傷の手当てをされ、二人が会話する様を、心ここにあらずといったふうに眺めていた肇だが、心梨の言っていたことがようやく実感として呑みこめてきた途端、猛烈な吐き気がこみあげてきた。

「……うっ！　く……。失礼します！」

「あ、おい！　肇っ!?」

肇は口もとを覆ってその場から逃げだすように駆けだしていった。

その背を追おうとした善雄だが、彼の肩に手をかけてカレンが首を振ってみせる。

と、その時だった。

「カレン。先ほどものすごい勢いで肇が外に飛びだしてきたが……。これはどういうことだっ!?」

ものすごい勢いで、階段を駆けあがってくる人物がいた。

それは局長だった。ポニーテールを振り乱し、肩で激しい息を繰りかえしながら、眦《まなじり》を吊りあげている。彼女の瞳は、畳の上に盛られた白い粉を見つめていた。それは彼女にとっては、よくよく見慣れたものの成れの果てだった。

「……局長。な、なぜここが」

カレンは動揺を隠せない。そんな彼女の前に立つと、善雄がそれとなく局長の責める視線から庇う。

「沖田が行けと――。で、これはどういうことだ、カレン。説明しろ」

「私は、ただ任務をこなさせただけですわ」

「なぜだ！　私はそのような命令は出しておらん」

「副長権限です。この任務に二人が必要だと思ったので同行させました」

「同行させたのではないだろう！　あんなに取り乱して……。あやつに斬らせたのだろうがっ！」

「っ!?　お言葉ですが、なぜ斎藤肇だけ特別扱いするのです！　局長、上に立つ者として、隊士を皆平等に扱わねばならぬ由、ご存じのはずでしょう？」

「…………っ」

苦い点を指摘され、心梨は黙りこくってしまう。

そんな彼女の行動が、カレンの怒りを余計に誘う。

「なぜ黙ってしまわれるのです！　公平に扱うとおっしゃってください！　なぜ、なぜあいつなのですか!?　わ、私はずっと局長に忠誠を誓ってきました。それなのになぜっ！　あいつだけっ」

そこまで言うと、言葉をつまらせてカレンは部屋から飛びだしてゆく。

「待てっ！　カレンっ」

その背中を追おうとした心梨をとどめると、「ここは自分に任せてください」と言い残し、善雄が彼女のあとを追っていった。

「…………」

心梨は、重いため息を放つと、こめかみに手を当てた。

「どうしてと尋ねられても。私のほうが知りたいわ」

頼りになる副長として全幅の信頼を置いていた。無論、彼女も心梨のことを信頼してくれているのだと思っていた。

だが――

「あのカレンにあそこまで言わせてしまうなど。局長失格だな」

自嘲的な笑みを浮かべ、肩を落とすも、すぐに彼女は顔をあげた。

「……落ちこむだけならあとでもできる。今、私がすべきことをせねば」

気丈に心を奮い立たせて、部屋から飛びだしお茶屋をあとにする。しっかりと前だけを見て、心持ち上を向いて――

潤んでしまった瞳が乾くのを待ちつつ、彼女はなりふりかまわず全速力で通りを駆けていった。

2　心梨～想い重ねて

誰もいない場所に行きたかった。誰の目も触れることのない場所に――

夕暮れ時に赤々と染まる道を肇はひた走った。息があがってしまうものの、苦しいとすら感じない。同じところをぐるぐるとまわっている気がする。

すでにどこを走っているのかも、どれくらい走っているのかも、わからなくなっていた。

やがて、人ごみを抜けた肇は、人目を避けるように橋のたもとへと駆けこんでいく。と、そこで誰かと盛大にぶつかってしまう。

「……っつ。たたた……。と、肇！」

着物の裾が捲れあがり、二本のしなやかな脚をさらけだした状態で尻餅をついた少女が自身の身体にのしかかっている男の顔を見て驚きの声をあげる。

甘く懐かしいようにも思える彼女の芳香が、肇の荒れた心を落ち着かせる。

「局長……」

「阿呆、探したぞ。大事ないか？」

彼女は弱々しく笑うと、泣き笑いになった顔をくしゃっと歪め、ほうっと安堵のため息をつく。

それで、肇は彼女がすべてを知り、自分を探してくれていたのだと知る。

「大丈夫、です」

「嘘をつかずともよい」

「……でも、新撰組に入ったんだから、覚悟の上です！」

「えらそうなことを言うな。まだおまえはひよっこじゃ。仮入隊の分際で虚勢を張らずともよい」

心梨は前髪をかきあげ、肇に厳しく言って聞かせた。

気まずい沈黙が二人の間に訪れる。

ややあって、肇が感情が一つもこもっていない声で呟いた。

「だけど、ようやく局長と同じ世界に立ててました。これでいいですか？　もう俺のこと、拒絶しませんか？」

まるで生気のない声が少女の怒りに火を点ける。

「阿呆っ！　誰がそんなことを喜ぶと思っている！　なぜ、おまえは私の気持ちがわからんのだ！」

その小柄な身体から振り絞るようにして怒号を発する心梨。

だが、肇はそんなこと気にもとめないようにのろのろと言葉をつづける。

「全然わかりませんよ。せっかく近づけたと思ったら突き放されて。でも、それもこれも俺が局長のことを理解していなかったからですよね……」

うつろな瞳で虚空を眺めて自虐的に笑う。普段の生き生きとした瞳の輝きは完全に失われていた。

「肇……」

「子供を斬るに向いてないって、たしかにそうかもしれませんね。さっき斬って初めて局長の言っていた意味がわかりましたし」

「……だから何度も言っただろう。阿呆。人の忠告を聞かぬからだっ！」

心が壊れてしまったとしか思えない彼を見て、心梨は消え入るような声で言う。

「でも、俺はまだ諦めたくないんです」

「このぅ！　頑固者がっ！　この期に及んでまだそんなことを言うかっ！　さっさと田舎へ帰れ！　井のなかの蛙《かわず》は蛙のままでよいのだっ！　なぜ、むざむざ井戸のなかから飛びだそうとする！　私をこれ以上怒らせるなっ！」

赤いポニーテールを殺気で逆立たせて、心梨が激昂する。

だが、肇も負けてはいない。

「井のなかの蛙《かわず》のままでいるなんていやですっ！　俺は追いつきたいんです。棲む世界が違うんなら飛びこめばいいだけだ……。だから、俺は……」

「うるさいっ！　たかがそんな理由でっ！　むざむざ手を汚すなど。こうなれば、私が力づくでも認めさせてやる！　容赦《ようしゃ》せぬっ！　さあ、かかってこい！」

心梨が身体を転がして彼の体から逃れたかと思うと、その場に立ちあがった。

そして、腰の刀を抜いた。普段、刀は一本しか使わないのに、右手には刀を左手に小太刀を握りしめて斜めに構え、二刀流の構えをとる。

初めて手合わせをした時とはまるで段違いの殺気が立ち昇っている。

一人の少女ではなく、赤い鬼がそこにいた。感情のいっさいを排除し、ただ眼前の敵を斬るためだけに全神経を集中している。

（たぶん、負けるだろうな……）

そうは思うものの、肇はけして怖気づかない。

覚悟を決めると、ついさっき悪霊を斬ってきたばかりの腰の刀を抜くと、正眼《せいがん》に構えてみせた。

刀の切っ先を交えたまま、相手との間合いを計って、懐へと飛びこむタイミングをうかがう。

「せやぁあああああああああぁぁあっ！」

先に地を蹴ったのは肇だった。雄叫びとも取れる険しい声を放ったかと思うと、心梨へと向かって刀をまっすぐに振りおろす。迷いのない質実剛健な太刀筋は最初に剣を交えた時とまるで変わらず、それが心梨の笑みを誘う。

（相変わらずだな。こうも見切りやすい生真面目な太刀筋もそうない……）

彼女は身体を捌《さば》いてその一撃をかわすと、容赦なく彼に向かって体当たりした。

一点に力を集中しているため、その小柄な身体から生みだされるとは到底思えない力が肇の体を吹っ飛ばした。

どうっとその場に転がる肇に向かって檄を飛ばす。

「どうしたっ！　かかってこいっ！」

「まだまだぁぁぁぁぁぁあああああああ」

砂利に手足を傷つけられても、肇は果敢に何度でも心梨へと立ち向かっていく。

刀同士が激しくぶつかり合って火花を散らすこともあるが、肇の攻撃のほとんどを軽やかにかわしつづける心梨――

力の差は歴然だった。

だが、肇は諦めない。喉がかれても声を張りあげ、せめて一太刀と猛然と刀を振りおろしつづける。

やがて、夕日が山向こうに沈み、夜の闇が空に滲みでてきた頃になって、ついに肇は刀を放りだし、大の字になって地面へと寝転がってしまう。

心のなかを渦巻いていたやり場のない気持ちを刀とかけ声に託し、すべて発散しきった気がする。

彼の顔を見おろす心梨を肇は苦しげに見あげる。

これほど近くにいるにもかかわらず遠い存在——

それがなんだかとても悲しくて、肇は汗だくになった顔をこすりながら鼻を啜りあげた。

「……阿呆。気がすんだか？」

心持ち局長の言葉が優しいものに感じられる。

「最初から、俺を斬る気なんてなかったんじゃ……」

「ふんっ、冗談抜かせ。最初は斬ろうと思っていた。おまえがあまりにもわからず屋だからな。私は短気なんだ」

彼女が本当に短気ならば、とっくに肇はこの世にいないだろう。

肇は頬を緩めつつ彼女に謝った。

「わからず屋で、すみません」

「本当に、どうしようもないな」

叱られた子供のように口を引き結ぶ彼を見つめると、肩をすくめてみせつつ心梨は彼の傍へと腰をおろした。

そのまま彼の頭を抱きかかえて、膝枕をしてやる。

突然の彼女の意外な行動に肇は息を呑む。むっちりと張りのある太腿が心地よい。

しばらくして、心梨が途方に暮れたため息を放った。

「——だからいやだったのだ」

「はあ?」

「おまえは私にそっくりだから。絶対に悪霊を斬らせたくなかったのに……」

肩をすくめて悲しげに笑うと、心梨は言葉を紡ぎだした。

「けしていいものではないだろう?」

「それは……。さっき思い知りました」

「だろうな。おまえは思い悩むだろう?」

「……はい」

やっぱりなと再び重いため息を放つと、心梨は言葉をつづけた。

「私と同じだ。だから、同じ想いをおまえにはさせたくなかった。絶対に。私には近藤家の末裔《まつえい》としての義務がある。退魔の力を持って悪霊を退治する義務が。だが、おまえは自由だ。家の名に縛られる必要もない。なのになぜむざむざ、こっちの世界にやってこようとする。阿呆」

「俺はただ、局長をわかりたいだけです」

「それだけのためにか……」

「今の俺にとってはなによりも重要なことですし、それに勘違いしてもらったら困りますが、俺、今でも悪霊を斬ったこと、後悔してません。そりゃたしかにショックだったけど」

「あれだけ拒絶しても、なぜおまえはわからない……」

「頑固者ですから。それを言うなら局長だって同じでしょう？　ここまで俺が自分で選んだ道を貫こうとしてもまだ邪魔するつもりでしょう？　なぜそんなに俺に固執するんです」

「さあ、なんでだろうな……。私もなぜおまえに固執するのかまるでわからん。自分のことのくせにまるで自分がわからん。自分が阿呆の子になってしまったのかと何度も疑ったくらいだ」

空をあおぎつつ、彼女は淡々と述べる。

「それは……」

どくんっと肇の心臓が大きく爆《は》ぜる。

だが、彼をどぎまぎさせている当の本人は、やっぱりそのことに気づいていないらしい。

恨めしそうに彼を睨みつけると、小さく首を振ってみせる。

「おまえが来てからというもの、なんだかいろんなことが狂いっぱなしだ」

「それは俺も同じですし」

「ここまで似た者同士とはな――」

「似た者同士だから、惹かれるんじゃないですか?」

「そんなものか?」

「だって、前にも言いましたけど、俺は局長が好きですし。今の話聞く限りじゃ、局長もたぶん俺のこと好きですよ」

肇がそう言うと、心梨は一瞬なにを言われたのかわかっていないようだったが、次の瞬間、激しく彼の言葉を否定しにかかる。

「……なっ!? 阿呆っ。自惚《うぬぼ》れるなっ! 誰が好きだの惚れただのと言った? 私はそのようなこっ恥ずかしい台詞《せりふ》、一言も言っておらぬぞ!」

「でも、さっきからずっと好きって言っているようなモンでしょう……」

「なっ!? なにぃいいいいっ!」

ぼっと顔を茹《ゆ》でダコのように赤らめると、心梨は無我夢中に頭を振りたてる。

ポニーテールがぶんぶんっとコミカルに揺れ、肇の笑みを誘う。

「だ、誰も、おまえのことを好きとか言ってないぞ! 断じて!」

「でも、俺に固執してるって言ったじゃないですか」

「そ、それはだっ。いや、たしかにそうだが。いや待て。でもそうじゃ……」

ここまであからさまに感情が顔に出ているというのに、この期に及んで心梨はまだ自分の素直な気持ちを認めようとしない。

そこで肇は、質問の矛先を少し変えてみることにした。

「……じゃあ、俺のこと、嫌いですか？」

そう言うや否や、さっき否定したのとは段違いに語気鋭く否定にかかる。

「嫌いならここまでするかっ！　阿呆っ！」

「だから、それは好きってことなんじゃ……」

「な、な、なななななっ⁉」

肇に指摘され、ようやく自分の気持ちを認めざるを得なくなった彼女は可哀相なほどにうろたえてしまい、鯉のように口をぱくぱくと動かす。

そんな彼女を肇は、心の底から可愛いと思う。

こうしていれば、やっぱりただのちょっとばかし口が悪い不器用な女の子にすぎないのに——

「いい加減認めてください、局長っ！」

「う、うるさい。だが、そうだったのか。私は肇のことが、す、好き、だったのか。いや待て。それはまずい……。非常にまずい……」

両方の頬に手を当ててうろたえる彼女に肇は尋ねる。

「まだ、局長ってことが引っかかりますか？」

「……それは」

「最初は俺のことが嫌いだからとか、興味がないから、俺を拒絶してるんだと思ってましたけど違うんですよね？」

「何度阿呆と言わせれば気がすむ！　興味がない奴などにいちいちかまうかっ。そんな暇な時間はもてあましておらん。それこそ興味ない奴など、最初から新撰組に置いてはおかんしな！」

いちいち彼女がなにか言うたびに、それは肇に対する好意に他ならず、肇の心を覆っていた暗雲は清々しいまでに晴れてゆく。

相思相愛であることはわかった。だとすれば、問題はただ一つ――

彼女が局長であり、近藤家の名を背負っており、生真面目すぎるがゆえに恋する自分を認められないことのみ。

「沖田隊長だって言ってたじゃないですか。恋してもいいんじゃないかって」

「だが風紀が乱れる……。新撰組というか、私から角がとれては困るのだ！」

「なぜだめなんです⁉」

「私が局長だからだ！　新撰組の局長たるもの、皆の手本にならねばならない。その私が色恋沙汰にうつつを抜かすわけにはいかぬのだっ。それに父上のいまわの際に約束したのだ。近藤家の力を人のために役立ててみせると。大戦《おおいくさ》が終わったあとの復興にその力をすべて捧げると」

そう言って、彼女はふっと真顔になって小さな声で呟く。

「大戦の前に、いやあるいは、別な時代に肇と出会えていれば——」

「そんなこと言わないでくださいよ！」

そう言うと、肇は起きあがって彼女の身体を強く抱きしめた。

彼女の心臓が自分よりも早く高鳴っていることを知り、肇は胸が苦しくなる。

「局長だって俺の気持ち、まったくわかってないじゃないですか！」

「なんだとっ!?」

「俺はただ、局長の傍にいたいだけです。役に立ちたいだけです」

「……その気持ちだけ受け取っておく。だが」

「迷惑はかけませんからっ。絶対に！」

そう言うと、肇は彼女に口づけた。そのまま舌を歯列の間から力任せにねじこんで貪るようなキスをする。

「んっ。ンンンっ。や、やめっ。ンは、はぁはぁ……。あン、んあぁあ……」

口を塞がれてしまった心梨は、彼の舌から手から逃れようとする。

だが、きつく抱きしめられているせいで抗うことはできない。

滑らかな舌に舌を巻きこまれると、視界に霧がかってしまい、じきに抗《あらが》う力すら抜けきってしまう。

しばらくして、彼女の抵抗が失われたのを感じた肇がようやく彼女の唇を解放した。

「はぁはぁ……。ズルいぞ。こんなの……」

彼に身体を預けきって、はぁはぁと愛らしく喘ぎつつ、口端から涎を伝わらせた心梨が顔をしかめる。

「局長は、さっき力づくで認めさせるって言ってましたよね。じゃあ、俺もそうしますから。局長が傍に置いてくれると言うまでしますから――」

「なっ。なにを――」

「わかってますよね？」

覚悟を決めた真剣な瞳で心梨を射抜くと、肇は彼女の背後へとまわった。

彼女を膝に乗せ後ろから羽交い絞めにしたかと思うと、着物の前を開く。

「きゃあぁぁあっ!?」

途端に、弾力を誇る量感たっぷりの乳房がまろびでて、まるで生き物のように激しく悩ましくたわんで揺れ動いた。桜色の突起がなだらかな曲線を上下に描く。

「ま、まさか、こんな場所では……」

眦《まなじり》をさげ、心梨はあわててあたりの様子をうかがう。

橋の下、都のはずれゆえに人通りはないが、そうは言っても、いつ誰が通るかわからない状況であることには変わらない。

心梨のこめかみから冷や汗が伝わり落ちてゆく。

変装している時ならまだしも、新撰組の羽織をまとい、近藤家の家紋の髪留めで赤い髪を高い位置で結《ゆ》いあげている彼女は、誰がどう見ても新撰組局長であるとわかってしまうに違いない。

もし、そんなことになってしまったら――

そう考えるだけで、血の気が引いてゆく。

噂は尾ひれをつけて瞬く間にひろまってしまうだろう。そうなれば、新撰組の隊士たちに迷惑がかかる。第一、近藤家の名を貶《おとし》めてしまうことにもなる。

「やめろ……。肇、こんなのは認めない……」

愛らしく息を乱しながらも、局長としての自分を忘れられない心梨は、自分の性格を呪いながらも必死に抵抗しようとする。

「だめです。します。やめてほしいなら俺が傍にいることを認めてください。これだけは絶対に譲れません！」

「だが、それはっ。ンっ、あ、あぁっ！　や、やめっ。あっくぅ……」

心梨の言葉が途中で中断されてしまう。肇が、懐《ふところ》から取りだしたたすきで剝きだしの胸を縛りあげたのだ。

「だ、だめだと、言っているに……。こ、こんな真似。あ、あぁっ」

胸の上下並行にたすきが並び、少女のまろやかな肉を縛めていた。

柔らかな乳房がへしゃげ、つんと前に突きでてしまう。おっぱいの肉に食いこんでいるたすきが淫猥極まりない。

「はぁ、あぅっ……。あぁあ……」

切ない吐息をもらすと、心梨は緊縛されたいやらしいおっぱいに目を落とす。

こんな姿恥ずかしくて仕方ないと思うのに、どういうわけか息が弾み頭がぼうっとしてしまい、それが彼女を激しい混乱に陥れていた。

(な、なぜだ……。こんなことをされてっ。辱しめを受けているというのになぜ)

イケナイことをしているのだという実感が胸を熱く焦がす。

でも、イケナイことをしているのだと思えば思うほど、身体の奥が疼いてくる。

(わ、私は、このような恥知らずでは……。新撰組の局長であり、近藤家の唯一の生き残り……)

自身に対する罪悪感が胸の奥でふくれあがってゆく。

にもかかわらず、その一方で、彼女は妖しい気持ちに胸が高鳴ってしまうもう一人の自分にも気づいていた。

薄く唇を開いて白い歯をのぞかせ、喘ぐ彼女に肇は尋ねてみる。

「局長、もしかして、誰かに見られてしまうかもしれないのに、気持ちよくなってるんじゃないですか?」

「っ!? そ、そんなことは断じて……」

「じゃ、確かめてみますよ? かまいませんよね」

「うぅうっ……」

肇がそう言うと彼女の膝裏に手を通して、背後から脚をM字に開かせた。

肉づきのよい柔らかそうな内股が惜しげもなくさらされ、ショーツのクロッチまであらわになってしまう。

「あ、あぁあぁあ……。こんなっ、こんな格好……。だめだ……」

心梨は、力なく首を振ったかと思うと、四肢をわずかに震わせる。

いびつに歪んだ乳房がぷるるんと左右に揺れ、それと同時に彼女の奥から女の蜜が滲みでてきてショーツに恥ずかしい沁みを作ってゆく。

たまらず脚を閉じたい衝動に駆られるも、肇がしっかりと脚を固定しているためそれすら叶わない。

「あっ、はぁはぁ……。う、く……。ううううっ」

肩をすくめて小刻みに震えるしか心梨に術《すべ》はない。

やがて、だんだんと沁みは面積を増やしてゆき、やがて飽和状態になった重い二枚布から甘酸っぱい香りが立ち昇りはじめた。

指先でそこをつついた途端、じわりと愛蜜が滲みでてきて肇の指を濡らした。

その事実に興奮を煽られた肇は、ショーツの隙間から人差し指をなかへと強引に差し入れてみる。

「ンぁあっ！　あ、あ、あぁああぁあっ。なかに、入れてはっ。あ、っく……」

予想どおり、そこはすでにぐじゅぐじゅになっていて、大量の蜜にまみれていた。

火照《ほて》ったおま×このなかに指を第二関節まで埋めこむと、なかで指をくゆらせて、わざとぢゅくぢゅくと音をたててやる。

ショーツの隙間から、暗赤色をした花びらとその奥にあるピンク色の内膜がのぞく。

「あ、あはっ。お、音っ。いやらしいっ。だ、ためっ、んあぁはぁあぅ」

声を堪えつつ、懸命に身体をよじらせてささやかな抵抗を見せるものの、股間からは新たな蜜が溢れでてき、侵入した指を物欲しげに絞りたてたかと思うと、ちぎったスポンジ状の肉が容赦《ようしゃ》なく絡みついてくる。

「やっぱり、濡れてますよ。恥ずかしいのに気持ちよくなってるんですね。なか、すごく動いていますし……」

「っく、ぅうっ、そ、そんなことっ」

口ではそう言うものの、ラヴィアはやはり捕食獣のように指を食《は》み、かぐわしい涎を吐きだしつづける。

　縛られた乳房は鳥肌立って、蕾もぎゅっと縮こまってしまっている。

　肇は、そのしこり勃《た》った乳首を空いているほうの手の指で摘んでみた。

「はぁああっ。んあぁあうっ。いたっ。あ。あぁあぁあっ。いたぁっ……」

　痛そうに心梨は顔を歪めるものの、締めつけは先ほどよりも強く、ひくつく間隔も短くなっているため、痛いばかりではないのだと知る。

　そこで、さらに乳首をつねったまま指を遠くに運んでみる。

　すると、柔らかな乳房がつきたて餅のように伸びて、乳首もぐんと伸びる。

「はぁっ。ン、あぁ……。そんなに私を辱しめてっ、ンンっ、楽しい、か⁉」

　よりいやらしく形を変えた乳房を睨みつつ、心梨は喘ぎ喘ぎ肇へと言った。

「はい楽しいです……。すごく」

　肇は、まだ硬さを残した蜜壺をかきまわして攪拌《かくはん》し、ラブジュースをぐじゅりと泡立たせながら答える。

「だって、こうしたほうが局長、ずっと可愛くなるんで……」

「わ、私が、か、可愛いなどと、戯言《ざれごと》をっ」

「戯言なんかじゃありませんよ。本気で言ってるんです。第一、俺が冗談を言うタイプに見えますか？」

真顔で言う肇に心梨はそれももっともだと思ってしまう。

「――あぅうっ、たしかに、み、見えぬが」

（か、可愛いなどと、そんなに簡単に言うな……）

隊士たちに言われてもなんとも思わない言葉なのに、同じ言葉を肇に言われただけでこうも胸がざわつくのはどうしてだろうと思う。

（やはり、肇は特別なのか。私にとって）

思い直せばそう思わずにはいられないことばかり起こっていたような気がする。

心梨は、肇にいいように身体を弄《もてあそ》ばれつつ、自分の鈍さを今さらのように呪った。

（阿呆は私だ……。何故、今まで気づかなかったのだ）

一方、彼女の茹《ゆ》だった股間と火照《ほて》った乳房を同時にねちっこく苛めながら、肇は声を上ずらせてこう言った。

「恥ずかしがる心梨を見ると、俺も興奮します……。ほら……」

袴を引きおろすと、彼は腰を突きあげてみせる。

すでにほぼ直角に漲《みなぎ》った半身が心梨のヒップと腰へと当たった。

「あぅうぅっ。ば、馬鹿ものっ。そ、そんなモノ、自慢するでない」

「ただ、もう、その……。我慢できなくなってきて。心梨が欲しい、です」

自分のことを切実に求めてくる彼の愚直な言葉を耳にした途端、ついに心梨の胸を熱いなにかが貫いた。

「わ、私だって――」

気がつけば、心梨は口ごもりながらも、必死に自分の素直な気持ちを口にしようとしていた。が、すぐにその言葉を呑みこんでしまう。

しかし、しばらくためらったあと、意を決した彼女はついにこう訴えかけた。

「……そのっ、あぅぅ……。その、だな。わ、私もっ肇が欲しい……」

語尾は小さくなってしまうが、肇の耳に彼女の言葉は届いていた。

「のだと思う……。たぶん、恐らく、きっと……」

かき消えそうな声でそうつけ加えるのも彼女らしい最後の抵抗だった。

見ているほうが恥ずかしくなるほど笑み崩れると、肇は彼女の耳に囁きかける。

「じゃ、傍にいること、許してくれますか？　絶対に局長の迷惑にならないようにします。近藤家の名も貶《おとし》めさせません。誰が認めなくてもいい。無理を言うつもりもありません。二人でいる時くらい、ただの男と女でいられたらいい……」

「……許す、というか。傍にいたいというか。む、むぅう、よくわからぬっ！」

そう言い捨てておいて、やがて視線を彷徨《さまよ》わせて心梨はこわごわと呟く。

「だが、本当によいのだな？」

いつもの強気な彼女の言葉とは裏腹な弱い言葉だった。

「はい。元よりそのつもりでしたし」

いっさいの迷いもなく即答した肇に、諦めと安堵の入り混じった言葉を紡ぎだす。

「そう、か……。おまえに子供たちを斬らせたくないというのは私のわがままだったのかもしれぬな」

「わがまま言ってください。もっと、甘えていいんです」

「そうは言っても、だな。むぅ……」

肇は心梨を自分のほうへと向かせると、背後から彼女の照れまくって困り果てた横顔を間近で見つめる。

「悪いな。生まれてから今まで、私は甘えることを知らぬ……」

苦笑する心梨に言葉を重ねる。

「俺には甘えてください——」

「……ああ、が、頑張ってはみる」

まっすぐ見つめられ、その目を正視できないほど恥ずかしくなった心梨は伏し目がちにそう言った。

つい肇はそんな彼女の固い言葉に突っこみを入れてしまう。

「甘えるのに頑張るもなにもないかと……」

まるで女バージョンの自分を見ているようだ。もしも立場が逆だったら、肇も同じような行動をとったかもしれない。そう考えるとなんだかおかしくなってくる。

「う、うるさい。人には得手不得手というものがあるのだ」

「……じゃ、頑張って甘えてください」

笑いながら言う彼を半目で見つめると、心梨は頬をふくらませて憮然と言った。

「では、悪霊を極力斬るな」

「それはズルイです。特権濫用《らんよう》です」

「なんの特権だ」

「その、彼女？　の？　って、あれ……。好きな者同士だったら付き合ってるってことでいいんだろうか。いや、待て。付き合ってくださいって言うべきか？」

はてと肇が改めて思い直したように首を捻ると、心梨が吹いた。

「っぷ！　わ、わ、わ、私がおまえの、か、彼女っ!?」

「そう……。なりますね。できれば……。いやですか？」

そう尋ねてくる肇に、彼女は思わず勢いよく首を振ってみせる。

あんまりにも懸命に振りすぎて、やや癖がある赤毛のポニーテールが元気よく肇の頬をびんたする。

とんでもなく照れ屋な彼女のそんな素振りに微笑むと、肇は首を振りつづける彼女の顎に手を当て、後ろを振り向かせて横から唇に軽くキスをしてみる。

そのついばむようなキスに、ようやく心梨の抵抗も失せた。

そこで、肇が入り口付近に亀頭を添えて、浅瀬を軽くつついてみると、心梨が身体を強張らせるのがわかる。鍛えられたしなやかな肉体が力む。

「ひっ！　あっ、あぁっ!?」

たっぷりのジュースがよれたショーツからのぞく綻びからイチゴ型をした先端に伝わり落ちてゆくと、瞬く間に鈍色に光った刀身ができあがる。

肉壺のなかから溢れたとろみは、肇の陰毛をも濡らし、尻にまで流れていった。

「はぁはぁっ。や、やはり、こんな場所ではっ、は、恥ずかしい……」

橋の上を誰かが会話をしながら通っている。

心梨は身体と声を強張《こわば》らせて、小さな声で鋭く叫ぶ。

「大丈夫ですよ。声、我慢すれば……。川のせせらぎもありますし」

すでに、日は暮れつつあるし、誰の目にも彼女の美しい痴態を触れさせることはないと周囲を確認しつつも、肇は心梨に完全な安寧を与えようとしない。

心梨の恥ずかしい姿をもっと見たい、感じていたいという独占欲にも似た気持ちが彼に芽生えていた。

「挿入《い》れます――」

律儀な彼らしく、わざわざ挿入することを宣言してから、亀頭を秘所に添えたままの状態で、支えていた彼女の身体からすべての力を抜く。

途端、重力と彼女の体重に従い、怖いほど屹立した漲《みなぎ》りが、蜜壺のなかへと深々と勢いよく突き刺さっていった。

「あ、あぁっ、ンあぁあぁあああぁあああああぁあ！」

あまりもの勢いに愛液が飛沫となって結合箇所から飛び散る。

途端、上半身を身悶えさせ、膣を激しく痙攣《けいれん》させる心梨。

「はっ、はぁっ。あ、あぁっ、っく、太いっ。熱い……」

真下から灼熱のコテを突き立てられた姿勢のまま、四肢を硬直させて全身をわななかせる。

乱れたポニーテールの後れ毛が首筋に張りつく様子に目を凝視しながら、肇は腰を上下に揺すりはじめた。

「んはっ。あンっ。んんっ。んくっ。はぁはぁ、あ、あ、あぁああっ！　そんなっ、激しく……。い、一気にっ。あは、はぁあああ、やぁっ」

縛られた胸が上下に大きく弾み、ポニーテールの毛先が跳ねるたびにうなじから立ち昇り、汗混じりの甘い香りが強くなってゆく。

「んあぁっ！　はぁ、あ、あぁっ。奥っ、っく、突いてはっ、あ、ああ……」

鈍色に光るペニスが、柔らかな下の口を目いっぱい押しひろげては抜きでてを繰りかえしはじめる。

リズミカルに動く腰に合わせて、心梨は甘ったるい艶声をあげる。がくがくと身体が不安定に揺すぶられ足先が宙を蹴る。

「んっ、んくっ。はぁ、あ、あはぁあっ。肇っ、んんっ、肇ぇっ」

必死の形相で何度も彼の名前を呼びつつ、よがる姿が狂おしいほどいとしくて。肇は、声を抑えようと努力してもなお鋭い声をもらしてしまう彼女をもっと狂わせたくなる。

肇は膝裏に手を通すと、さらに本格的に彼女の軽い身体を上下に振りたててゆく。直立した灼熱の杭が少女の中心を何度も何度も貫きつづける。

じゅぷじゅぷっという鈍い響きを持つ淫猥《いんわい》な水音が、清涼感あるせせらぎに混じって音のコントラストを成す。

時折、川の水面に人影がよぎるたび、心梨は唇を力いっぱい噛みしめて、必死で声を堪える。

だが、肇の猛攻は容赦《ようしゃ》ない。

だんだんと腰の動きを強く、速くしてゆく。

子宮口を何度も何度も思いきり貫かれ、じきに身体の奥が痺れきってしまい、心梨の頑《かたく》なな表情が淫らに蕩《とろ》けてゆく。

抽送の速度が増すにつれ、どんどんと理性が欲望に上書きされてゆく。

脳裏が真っ赤に染まり、なんにも考えていられなくなる。ただ、情熱を交わし合い、ひっきりなしに襲いかかってくる怒濤《どとう》の快楽に夢中になってしまう。

「はぁああっ。あンっ。い、いぃっ。肇のっ。あはぁあっ。すごい……。も、っと」

やがて、声を堪えつつも、理性の仮面を剝ぎ取られた女の野生が喘ぎ声に滲みだしつつあった。

肇は彼女の変化を見逃さない。

彼は、唇の色が変わってしまうほどきつく唇を噛みしめた彼女の耳もとへと口を近づけて、ピストン運動をやめてわざとらしく尋ねてみる。

「え？　なんですか？」

いきなり動きをとめてしまった肇を恨めしそうに甘く睨みつける心梨。

目もとを朱色に染めたまま、しどろもどろになってしまう。

「……むぅう。優等生タイプだと思っていたが。い、いじわる、だな」

そんな彼女の反応が余計に彼の牡の本能を煽りたてる。

「心梨にはいじわるになってしまうみたいです」

それはいわゆる「好きな子は苛めたくなってしまう」子供となんら変わらない。

だが、いくつになっても男にはそんな要素があるものなのかもしれない。

そして、なかには苛められたい女の子もいる。

「……ふんっ、二人きりの時は、丁寧語を使わずともよいぞ」

肇に苛められたいのかもしれないという可能性に気づいてしまった心梨は、気恥ずかしさをごまかすために強気な口調で言ってのける。

(そんな他人行儀な言葉ではなくもっと……)

心のなかを巣食う芽生えたばかりの密やかな欲望を言葉にすることまではどうしてもできない。

だが、無意識のうちに奥まで貫いた肉棒を蜜壺で絞りたてていた。

無論、彼女の瑞々《みずみず》しい身体の反応の逐一は、肇へと駄々もれで――

敏感な心梨の反応を確かめるように腰をグラインドさせつつ肇は尋ねた。

「丁寧語、使わなくてもいいんですか?」

「――っく。う、はぁはぁ、つ、使うなと言った先から使うな」

「じゃ、話を逸らさないで。どうしてほしい?　心梨」

彼が口調を変えてみた途端、場の雰囲気が明らかに変化した。

サドっ気を強く滲ませたその声を聞いた心梨は、なぜかドキドキしてしまう。

得体の知れない欲望の形がようやく見えてきた気がする。

「あ、うぅうっ……。そ、それは、その……。く、空気を読め。阿呆っ」

まだ強気の姿勢は崩さないものの、明らかに語気が弱まっているし、艶やかな色香がぐっと強まっている。

(命令するのがいいのか?)

一方、肇も今までに味わったことのない高揚感を感じていた。さっきよりもずっと心梨を貪欲に苛めたいという欲求が強まりつつある。

一歩間違えば、それはひどく危険で獰猛《どうもう》な欲求だった。

「そもそも俺が空気読めるタイプだったら、きっともうここにいないし……」

滾《たぎ》る欲望に流されてしまえば、彼女をも壊してしまいかねない。

自らをクールダウンさせるためにも、努めていつものようにマイペースに言って眉をひそめる肇を睨みつけて、彼女は子供のように喚く。

「じっ、自分で言うなっ」

また、心梨は初めて感じる——いや、実のところ、何度も感じてはいたが、真正面から向き合うことを恐れていた自身の性癖に徐々に感づきつつあった。まさかという想いと、もしかしたらという想いとが交錯して彼女の胸を妖しく締めつける。

「で、ちゃんと言えたらしてあげるけど?」

「う、っくぅう。そ、そんな恥ずかしいこと、い、言えぬっ」

誇り高い彼女は、ぎゅうぎゅう膣内の肉竿をいっそうきつく絞りたてつつも、この期に及んでまだ虚勢を張る。

その抵抗が彼の背中を押した。

「――心梨、言いなさい」

声色が鋭さを帯びる。

心梨は、首を後ろに巡らせ、瞳を獣のようにぎらつかせた肇をはっと見つめると微動だにできなくなる。いわば、捕食獣に囚われた獲物のように。

首筋に感じる獣じみた荒々しい呼吸にぞくりとしてしまう。

「あ、あぁあぁっ、そんなふうに言われると……」

(従わずにはいられなくなってしまうではないか)

ついに、心梨の蜜壺がことさらに強く締まり、奥のほうから愛液とはことなるさらさらな塩水が吹きだした。

それは、暗黙の服従の意に他ならない。肇はついに彼女が陥落したことを知る。

それでも、彼女の口からちゃんと聞くまではと獰猛に腰を突きあげたいという衝動をぎりぎりまで抑えこむ。

「そんなふうに言われると？　どうなるの？」

いやらしく緊縛された彼女の乳房を背後から揉みしだきつつ、乳首を指で強くすりつぶしながら尋ねる。

「はう……。っあ、あぅ。その、肇のを……。もっと、わ、私に……」

彼の無骨な手によって、むにりむにりと形を変えてゆく乳房を見つめては、とても見てはいられないと視線を逸らしつつ、心梨はおずおずと呟く。

胸に芽生えた言葉は死ぬほど恥ずかしくて、なかなか思うように紡ぎだすことができず、唇がわななないてしまう。

言葉にしようしようと思えば思うほど、体温が急速に上昇してゆく。

「なにをどうしてほしいのか、きちんと言わなくちゃわからないから」

可愛い彼女を苛めたい、全部を支配したいという欲求はエスカレートしていく一方で。肇自身も、自分にこんな一面があったとは今まで知らなかった。未知の興奮が痛いほど半身を育ててあげてゆく。

姫洞でさらに成長を遂げ、膨張してゆく肉の刀身を感じ、ついに心梨は決死の思いで胸の奥で蠢《うごめ》く恥ずかしい欲望を口にした。

「っく。あうぅううっ。そ、の。肇にもっとっ……。してほしい、のだ」

ようやく口から出てきた言葉は、乙女の恥じらいに彩られたもので、ひどく抽象的だった。

「もっと具体的に言わないとわからない」

「だ、だが、なんと言ったらいいのかわからん……」

羞恥の限界を乗り越えて、ようやく恥ずかしい欲求を口に出せたと思いきや、肇はさらにハードルが高い注文を突きつけてくる。

それればかりか、敏感な乳首をまろやかな肉のなかに力いっぱい押しこみ、同時に腰を一度だけ軽く跳ねてこう言ってきたのだ。

「心梨のおま×こにおちん×んをくださいって言うんだよ」

「む、むむむっ」

今まで、まるでそういうことに無縁だった心梨にとって、それらは初めて耳にする卑語だった。

にもかかわらず、その言葉はひどくいやらしいものであると本能的に理解する。口に出そうとした途端、かあっと顔が火照《ほて》り、言葉につまってしまう。

「……わ、私のお、お、おっ」

どうしてもそれにつづく言葉が出てこない。

心梨は肩を怒らせて、首をふるふると振る。すると、姫洞が波打ち、複雑な蠕動《ぜんどう》運動を見せる。

言葉で苛めれば苛めるほど、男根を攻めたててくる膣が、物欲しげにひくついては侵入者から精を搾り取ろうと貪欲な動きを見せるのだった。

「心梨、言って――」

「わ、わかっておる。べ、別になんてことはない」

そう言うと深呼吸を繰りかえし、やがて心梨は重大決心をしたかのように一度大きくうなずくと、蚊の鳴くような声で言った。

「私のおま×こに、ください……。肇のおちん×ん……」

ついに言ってしまい、彼女は力いっぱい目を閉じると、まんじりと肇の言葉を待つ。身体の隅々までが発火したかのような最大級の羞恥に見舞われる。

「あぁっ！　もうっ！　死ぬっ！　恥ずかしすぎて死んでしまうっ！　うっかり切腹でもしてしまいかねんっ」

ついに堪えきれなくなった心梨が、左右の肩を交互にくねらせて肇の膝の上で暴れはじめた。

「てて。こら、暴れない。それにうっかりそんな真似してもらっちゃ困るし……」

「だって、肇が悪いのだろう！　ううう、もうっ、これだけ苛めれば満足だろう！だから、その。は、早く……」

目尻に涙を滲ませた彼女の切ない視線を受けとめ、肇は彼女の頭をくしゃっと撫でてやってうなずいた。

「うん、ごめん。してあげるね」

「んっ。わ、わかればよい……。ん！　んあっ。あ、あ、あはぁあああぁっ！」

言葉半ばでいきなり肇が本格的に腰を突きあげたため、心梨はひときわ高い声で喘ぐと、背中を弓なりに反らして大きくのけ反った。

太い振動が子宮の入り口にずんっと響き、頭のてっぺんから足の爪先まで痺れてしまう。

「あっ、んあっ。あぁあああっ。んくっ。すご、すごすぎっ。あ、あふっ。ん、ンンはぁ、あああ、イィ、の。肇の、太いっ。熱い……。あああぁっ、イィっ！」

柔らかな頬が引きつれ、整った綺麗な顔をくしゃくしゃに歪め、心梨は連続的に身体を穿《うが》ってくる肉棒にいいように翻弄される。

ずくっずくっと鈍くくぐもった交わりの音が周囲に響き渡っていた。

大ぶりの乳房が上下に波打ち、束ねた髪が宙を軽やかに舞う。

だんだんと声が切羽つまり、トーンが高くなり、膣圧が高まってゆき、彼女の身も心も官能一色に染められてゆくのを肇は感じ取る。

「すご、心梨のもっ。はぁはぁ……。絡みついてくる。うっ、あぁっ、イィ」

奥のほうに存在する無数の突起が執拗に絡みついてきたかと思うと、彼女が高い声をあげるたび、獲物を逃がすまいと強烈に締めあげてくる。

「んあはぁああっ。もっとしてぇっ。激しくっ、もっと、あぁああ、もっと、肇の、欲しい、欲しいっ」

何度も何度も意識が飛びそうになり、言語中枢が狂ってしまったのではないかと思えるほど、激しく情熱的に心梨はいやらしい言葉を発しはじめた。

その乱れようは普段の彼女からはまったく想像もつかない。

ポニーテールを振り乱し、白い喉をのけ反らせては、焦点が定まらなくなった大きな目を見開いて力いっぱい目をつぶる。

純粋で無骨で、なにも知らない彼女の奥底にこんなにもエッチな本性が隠されていたなんて思いも寄らなかった。狂わせ甲斐があると思いつつ、いよいよ肇はラストスパートにかかる。

心梨をイカせてイカせてイカしまくってやりたいという情熱に身を委ねて、全身に浮かびでた玉の汗を飛び散らしながら腰をがむしゃらに突きあげつづける。

あまりにも激しい交わりのせいで、完全に性器は痺れきっていた。

そうであるにもかかわらず、角度をいろいろと変えて貫かれるたび、途方もない浮遊感を覚え、心梨は際限なく乱れつづける。

「んあぁああっ。あっぁああっ、肇ので、またまたぁああっ。またイクっ、イッてしまううぅ。あぁああやあぁああ、もう何度もぉ、何度もぉおおっ、んぁはぁあぁ！」

「心梨……。こんなにエッチな局長っ、俺だけのものだから……」

「はぁああっ。んはぁっ、んんんっ、うむっ。んあぁ、あぁ、はあぁ、今は、今だ

けは肇だけのものっ。だから、あぁっ、めちゃくちゃに、してぇっ」

自らも腰を悩ましく動かしつつ、心梨は恥ずかしい言葉を狂ったように紡ぎだしつづける。

(あああ。こんな恥ずかしいことっ、恥ずかしいことを私はなぜ……)

何度もイッたせいで、理性と本能が完全に乖離《かいり》し、今や本能の支配下にある心梨は身体を悩ましげに揺らしつつ腰を振りたてる。女として目覚めたばかりの身体が、貪欲に悦楽を求めていた。

ずじゅぷっずじゅぷっという音が大きくなり、そのスピードが増せば増すほど、膣全体の抵抗力が増し、凹凸《おうとつ》ある粘膜が肉竿全体に吸いついてくる。

ややあって、絶頂の前兆を感じ取った肇が低くうめいた。

「くぅうっ、はぁあっ。あ、もうっ。限界っ――」

「んあっぁあ、わ、私もっ、もう、だめっ。こ、壊れる、壊れちゃうぅっ!」

彼は、尻たぶをつかむと、力いっぱい彼女の身体を引き寄せつつ、渾身の力をこめて腰を突きあげる。

「あぁあっ、あぁあああああっ。やあああはぁああっ。と、飛んじゃうっ。あっあぁ、あっぁあああっ!」

ぶるりと身震いすると、心梨は空をあおいで悲鳴じみた声を解き放った。

一番奥でいきり勃《た》ったペニスが跳ねた。びくんびくんっと竿をしならせながら、白濁液を撒き散らす。

口を半開きにし、熱を帯びた瞳でなにもない虚空をじっと見つめると、心梨はがくりと首を折った。

「はぁあはぁはぁはぁ……。あぁ、も、もうっ、気持ち、よすぎ、て……」

荒い呼吸を繰りかえしつつ、そのまま彼の首筋に甘えるように頬を寄せた。

汗で濡れに濡れた体を互いに感じ合う。

「心梨、好きだよ」

「私も、肇のことが好き、みたいだ」

一言一句を噛みしめるように言う心梨の頬を肇は撫でてやる。

「なら、一緒にいよう。きっとさ、似た者同士、荷物を半分にすればちょっとは生きやすくもなる」

「……かもしれぬな」

そう言うと、心梨は安堵の表情を浮かべて意識を手放した。

彼に心身を支配されたことが、心地よくて、気恥ずかしくて幸せで。

つながった部分が時折蠢《うごめ》く様子を朦朧《もうろう》とする意識のなか感じて、今までに感じたことのない満足感を覚えていた。

体だけではなく、ようやく心もつながった――

そう感じながら、深い深い眠りへと落ちていったのだった。

3　カレン～素顔のあなた

一方、カレンは早足で屯所へと向かっていた。

その背を善雄が小走りに追ってゆく。

「待ってくださいよ！　カレンさんっ」

「ついてこないでって何度も言っているでしょう！　しつこいですわっ」

後ろを振り向きもせず、カレンは言い放つと眉間に皺を寄せる。

「でも、放っておけないですし」

「放っておいてくださいましっ！　局長の信を失った私など新撰組には、もはや不要。いさぎよく切腹しますわ！」

「誰もいらないなんて言ってないですよ！　どうして、そんなに極端な考え方するんですか！　いつも大人なカレンさんっぽくないですよ」

「うるさいうるさいうるさいっ！　私がいつもの私ではない？　いったい、私のどこを見ていますのっ！　いつだって感情が先走ってしまうからあえていつも理性で自身をとどめているだけっ！　そうですわ。私なんて見かけ倒しなんですのよっ！」

いつも大人びた魅力を湛えている彼女が子供のように喚いている。果たしてどうしたものかと、さすがの善雄も困り果ててしまう。

「いやいや、まあ落ち着いてくださいよ、とりあえず――」

彼が彼女の手首を背後からつかむと、そこで初めてカレンは足をとめた。

そして、振り向きざま彼の手を振り払って眦《まなじり》を吊りあげる。

「落ち着いてなんていられませんわっ。どうしてこんなふうになってしまうの。局長を困らせたいわけじゃけしてないのに」

「それは局長だってわかってますって」

「なぜ、あなたにそれがわかりますの！　たかだかちょっと前に入隊したばかりの新入りのくせして。生意気ですわっ！」

カレンの大きな瞳が大きく潤んでいた。

鉄のような女性だと思っていただけに、善雄は顔にこそ出さないが、内心うろたえてしまう。

「最悪、最悪ですわっ。もう局長に嫌われたに違いありませんわっ。ええ、当然ですわよね。私、肇に嫉妬してたんですもの。自分でもわかってましたわ。新入りにそろそろ任務を与えるなんて大義名分だってわかってましたわ……。だって悔しくて――」

「カレン、さん……」

彼女は、声をつまらせて泣きじゃくりはじめる。

カレンの瞳からついにほろほろと大粒の涙がこぼれ落ちはじめた。

「わわっ。な、泣かないでくださいよ」

善雄は、とっさに彼女の身体を抱きしめると、その細い背中を優しく撫でてやる。

大通りからやや離れた路地裏で、自分よりも頭一つ分はゆうに背が高い年上の女性をあやしていることが不思議でならない。ひどく現実味に欠けているような気がする。

「っふ。ううっ。惨めです。嫌いですわっ。こんな私。局長に嫌われても仕方ありませんわ。じきに私は一般隊士に降格されてしまいますわ。そうなれば、私はどんな顔をしていればいいのっ!?　局長の傍にもいられなくなってしまいますわっ」

ひっくひっくと涙ながらに思いの丈をぶちまけるカレンを切なげに見あげつつ、善雄は途方に暮れた表情を浮かべてこう言った。

「——でも、俺は嫌いじゃないスよ」

「え?」

「こんな時に言うのはズルいんで詳しいことは言わないっすけど。こういうカレンさんも新鮮で可愛くていいなあって思いますけどね?　だから、なんで嫌う必要があるのか俺にはわからない」

「善雄……」

カレンが顔をあげると、善雄は気恥ずかしそうに笑って片目をつぶって見せた。

「俺でよければ胸貸しますよ。泣いていいですから。だから、とりあえず切腹だけはやめてくださいっ。もったいないですから」

鷹揚に笑みかけてくる彼をカレンは、きっと睨みつけた。

「も、もも、もったいないですって!? ひ、人をもののように……」

「だってもったいないって思うんすから。カレンさんいい女だし」

彼の言葉に頬を染めつつも、カレンは真っ向から否定しにかかる。

「……私はそうは思いませんわっ。嫉妬に駆られた女なんて醜いものだと人事のように言っていた気高い私はどこに行ってしまったというの!? 今すぐ切腹しますわ」

「いやいやいや……。まあまあまあ」

「介錯は頼みましたわっ」

そう言うと彼女は、いきなり善雄の胸もとを押して遠ざけ、着物の袖のなかに手を引っこめると、胸もとからその手をクロスするように出し、羽織ともども着物を脱いだ。

細い肩が剝きだしになり、さらしで覆われた見事な爆乳もあらわになる。

「まったくもう……。世話の焼ける……」

やれやれと肩をすくめる善雄は、小太刀を引き抜こうとする彼女の手をとめた。

「手、離しなさいっ！　でないと斬りますわよっ！」

「……はぁ。切腹するにしたってさらし巻いたままじゃ無理でしょう？　切腹手伝いますから落ち着いてください」

そう言って時間稼ぎをしながら、頭をフル回転させて最良の策を探す。

「……ふんっ」

「じゃ、はずしてあげますからじっとしていてくださいね」

そう言うと、彼は胸もとに挟みこんであるさらしの端をつまみだし、彼女の脇下を通すようにして少しずつ解いてゆく。

そういう場合ではないと自分に言い聞かせるのに、思わず息が荒くなってしまうし、指先も震えてしまう。

あくまでもポーカーフェイスにカレンのさらしを解いていくものの、さらしの圧によって胸の肉がせりだしている様子がどうしても気になってしまい、心臓の鼓動は速まるばかりだった。

（な、なに見ていますの!?　本当にいやらしいったら。男なんて不潔ですわっ）

一方、彼の視線が胸に釘づけとなっているのにカレンも気づいていた。

だが、切腹の手伝いをしろと言ってしまった以上、途中で変に中断させてしまうのも癪だった。

プライドが高い彼女は、つんと顔を逸らしたまま、努めて彼を意識しないようにして視線をあらぬほうへと固定する。唇をきつく噛みしめたため、朱を引いた口紅がぼやけてしまい、それがかえって色香を増すこととなる。

さらし同士が触れ合って、ささやかな音をたてる。

柔らかな乳房が少しずつ、そのヴェールを脱いでゆく。

やがて、二つのやや大きめの乳輪が顔をのぞかせた。白い豊かな丘の頂にそれは申し分のないバランスで咲き誇っていた。

胸が大きな分、乳首が小さすぎてもアンバランスというもの。

だがしかし、その点においてカレンの爆乳は完璧ともいえるバランスだった。

稀代のおっぱい星人である善雄の目にもそれは明らかだった。

「……マジでもったいない。すごく綺麗なのに」

「な、なにを言いますのっ!?　別になにも、もったいなくなんてないですわっ」

胸を彼の視線から庇いたい衝動に駆られつつも、生娘のような真似をするのは年甲斐もなく恥ずかしい。そのため、カレンは腕組みをしてさりげなく胸を庇うと、勢いよく彼から顔をそむけてみせた。

しかし、彼女は知らない。

そうやって胸を圧迫させた結果、腕組みした手の下から、むちむちの下乳がはみでていて、余計に善雄を悩ませているということに――

(うわ、マジ、やばい……。やばすぎる……)

下弦の丸みから目を離そうとするも、どうしてもできなかった。善雄は、なんとか荒れ狂う気持ちを落ち着けようと腹式呼吸を何度も繰りかえす。

「さあ、さっさと切腹しますわよ」

「だけど、やっぱりもったいないですよ。やめませんか?」

「何度言ったらわかりますの!?」

「その台詞《せりふ》はお互い様じゃないすか」

「……口だけは達者ですわね」

そう言うと、カレンは押し黙ってしまった。善雄も黙ったまま、彼女が話しはじめるのを待っていた。

やがて、彼女は独り言のように呟いた。

「今までずっと私が局長の傍にいたのに。局長は私を置いていってしまいますの。きっと一人で大人になって私を置いていってしまうんですわ……」

見た目は大人びた彼女が、「大人になってゆく」と言うのはいささか不思議な感じではあったが、善雄には彼女の言っていることが理解できた。

「そりゃ仕方ないことすよ。俺も同じ境遇なんでよくわかるっすけどね」

「あなたも?」

首を傾《かし》げてみせたカレンは、はっと彼と肇とが親友であることを今さらのように思いだした。

彼もまた、自分と似た境遇にあることを知る。

「置いてかれるような気持ちになってるのはカレンさんだけじゃないってことっす」

「……そうですのね」

「でも、それもまぁ、しゃあないことだって思うんですよ。昔のままいつまでも同じってわけにはどうしたっていかないですしね」

「そんなこと、私だってそんなことわかってますわ……」

「うん、わかってるのと、感じるのじゃ、違うっすね。俺もぶっちゃけるとそうなんですよ。肇、コノヤローって思うっス」

おどけてみせる善雄に、カレンは思わず笑みを誘われる。

「わかりますわ。その気持ち……。でも、きっと、女に生まれなければよかったとまで思ってしまうのは私だけでしょうね」

「まあ、さすがに俺はそこまで思いませんけどね。それこそウホな世界なわけで。うわ、そりゃ洒落《しゃれ》ならんな」

「そんなに男女であることって大事なのかしら？」

「うーん、そりゃ大事だと思いますよ。友情はどうしたって恋愛に負けるのが常って聞きますし。って、俺もまともに誰かと付き合ったことはないんでよくわからないんスけどね」

「……わかりたい。私は局長をわかりたいですわ。恋愛なんて不潔だって思っていたけれど。局長の目を覚まさせてやりたいと思っていたけれど。そもそも、私、恋というものがわかりませんもの。それなのに否定することなんて本当はお門違い。わかってますわ。でも、わかっていてもどうにもならないですもの」

自分の心に真っ向から向かい合い、すべてをわかったうえで局長に対するどこまでもひたむきな思いに煩悶する彼女を見つめると、頭をかきながら善雄は言った。

「うーん、不潔じゃないと思いますよ？」

「そう、なのかしら……。私は殿方をよく知らないから……」

片手で胸を庇い、もう片方の手を顎に当てて、カレンは途方に暮れたように言う。

が、彼女の言葉を聞いた途端、善雄は目を剝いて素っ頓狂《すっとんきょう》な声をあげてしまった。

「えっ!?　そ、そうなんですか！」

「な、なんですの!?　そんなに驚かなくても……」

彼に指摘され、初めて自分の失言に気づいたカレンの頰に紅が散る。

「だ、だって、めっちゃモテそうだし、断然、高嶺《たかね》の花って思ってたっス。いや待て。だからこそ、なのか。そう、なのか！」

「？」

善雄が熾烈な脳内会議の末、ガッツポーズを取る様子をカレンは訝《いぶか》しげに見つめる。

ややあって、彼は大きく深呼吸をすると、彼女の瞳をひたと見据えてこう言った。

「カレンさん、じゃ、俺と恋してみませんか？」

「は、はあ？」

突然なにを言いだすのだと、カレンの頭のなかは？でいっぱいになる。

だが、それと同時に、どこかそわそわするような落ち着かない気持ちになり、いっそう顔をしかめた。それを見た善雄が誤解して苦笑する。

「って、やっぱり無理っスか？　俺じゃ？」

「……だ、誰もそんなことは言ってませんわ」

カレンは思わず即座に否定してしまう。

「え？」

今度は善雄が怪訝《けげん》な顔をする番だった。

「き、嫌いとは言ってませんわ。あなた、本当は馬鹿ではないでしょう？　私、賢い人間は嫌いじゃないですわ……。それに、能力がある人間も嫌いではないですわ」

カレンは、今までの善雄の行動を思い起こし、かつ、つい先ほどの戦いで彼が見せた治癒の力を思いだしていた。

「うーん、別に自分が特別頭がいいとは思いませんが、まあ馬鹿でもないっスかね」

彼女の言葉を鵜《う》呑《の》みにせず、淡々と答える善雄が急に大人びて見える。

今まで感じたことのないような甘い気持ちが胸の奥に芽生え、カレンは切なげな吐息をついた。

「恋……。私にもわかるものなのかしら……」

真剣な面持ちで考えこんでしまうカレン。

その成熟した見事な身体のせいで、恋多き女というイメージがあったが、本当の彼女は子供のようにウブなのだと善雄は初めて知る。

そこにつけこんで、強引に彼女を奪うという手も考えた。

が、善雄はこう言った。

「ああ、でもやっぱ、俺じゃ実力不足かもしれませんね」

「……え?」

前向きにアタックしてきたかと思いきや、いきなり後ろ向きなことを言いはじめる彼がカレンには余計に理解できなくなる。

「いや、なんかこういうのもズルいって感じがしてどうにも。俺、軽いし、頭のなかは正直やらしいことでいっぱいですが、それでも、自分の正義くらい通しますよ」

「自分の正義？　なにがずるいんですの？」

「だって、なにも知らないカレンさんを騙すような感じがするし」

なんて言ったらいいものかと、年相応の青年らしくやや焦りはじめた彼を見ていると、やがてカレンはいつもの調子を取り戻しはじめた。

「あら、この私を騙すつもりでしたの？　あなた」

問いつめるような物言いで彼の瞳を覗きこむ。

心の奥底まで見透かされてしまいそうな感じがして、善雄は思わず目を伏せた。

「いや、騙すつもりはないっスよ。俺がカレンさんのこと好きなのは確かですし。ただカレンさんに釣り合う男かってーと、まだレベル不足な感も」

「そうですの？　そんなのやってみなくちゃわからないのでは？」

「え、えええっ!?　で、でも、その、いいんですか？」

「……あなたのこと、私、嫌いじゃありませんわ。最初は油断ならない軽薄な駄目男と思ってましたけど」

「うわ、き、キツイっすねえ。まあ、そこもいいんですがね」

彼女の毒舌っぷりが炸裂したため、ようやくいつもの彼女に戻りつつあることを感じ取った善雄は、またもおどけて照れをごまかす。

そんな彼に微笑むと、カレンは傲然と言い放った。

「男ならば、惚れさせてみせるくらい言ってはいかが？」

「って、カ、カレンさん？」

「私だって恋を知らないんですもの。ごく一般的な男女関係を築けるかどうかもわかりませんわ。あなたの期待に応えられないかもしれない」

女王然と言ってのけたかと思うと、次の瞬間には傷つきやすい少女の顔をのぞかせる。そんな彼女に善雄はますます惹かれてしまう。

「そ、そんな滅相もない。そんな多くは望みませんって！」

ムキになって言葉をかえしてくる彼の顎に細い指を当てると、彼女は彼を上向かせた。男女の立ち位置的に逆なのではとも思えるが、カレンのほうが善雄よりも背が高いため、どうしてもそうなってしまうのだ。

「……では、お互い様。利害も一致しますし。私、あなたと恋してみることにしますわ。そうと決まれば、まずは形から入ることにしましょう」

そう言うと、カレンは瞳を閉じてゆっくりと唇を近づけてゆく。

いきなり大胆になった彼女に善雄は面食らってしまう。

が、半ばパニック状態になっているうちにも、美しい彼女の顔が、紅を滲ませた色香たっぷりの唇が迫ってくる。

彼女の呼吸を頬に感じたかと思うと、羽毛でくすぐられたような感覚が善雄の唇に舞い降り、やがて甘くむず痒い心地よさが訪れた。

善雄は初めてのキスに我を忘れそうになってしまう。想像していたものよりもずっと気持ちよく甘美だった。

「男女はこうするものなのでしょう？　私だってなにも知らないというわけではありませんもの。もう大人ですし。あなたよりも年上なんですもの……」

唇をおずおずとなぞるだけのキスをし終えた彼女が、ややあって唇を離すと、恥じらいに目もとを染めつつえらそうに言った。

「っぷ！」

「む、なにを吹きだす必要がありますの？」

「や、だって……。さっきまで局長が一人で大人になっていくって子供っぽいことを言ってたのに、今度は大人ぶるから。ちょっとツボって……」

まるで正反対のことを堂々と言う彼女がおかしくて。つい、くっくっと喉を鳴らしてしまう。

「……っぐ。お、女は多面体ですのよ！　いろんな面があって当然ですわっ」

「なるほどたしかに。深いすね。それに比べて男は単純っすからね」

「そ、それに……。さっきの私は取り乱していただけですわっ！　ちゃんと大人の女ということ、今から証明してさしあげますわ」

そう言うと、カレンは胸を覆っていた片手をおろした。

そして、挑戦的なまなざしで善雄を射抜く。

「うお……。や、あの……。うはぁ」

あれだけ見たい触りたい揉みたいと言っていたはずのおっぱいをいざ目の前に突きだされると、そのあまりの迫力に善雄はなんの言葉も出なくなってしまう。

話題のスイカップというのはこういうのかと思う。小ぶりのスイカほどもある張りのある球体が二つ並び、まるで触れてほしいと言わんばかりにふるふると揺れていた。

瑞々《みずみず》しくも無防備な巨乳にむしゃぶりつきたいという本能が早速、頭をもたげていた。

際がぷくっとふくらんだ淡いピンク色の乳首をついばみたいという猛烈な欲求に駆られる。

「……好きにしていいですわよ。恋する者同士はそうするものなのでしょう?」

「うっ。で、も、マジで、いいんですか!?」

「恋を知りたいんですもの。さあ、好きになさい……」

カレンが、善雄の視線をおっぱいに浴び、息を軽く乱しつつ、自身の量感たっぷりの乳房を真下から持ちあげて見せた。

圧倒的な乳肉に指が完全に埋もれてしまい、その柔らかさを物語る。

ここまでされて、どうにもならない男なんていないに違いない。

善雄も例外でなく、両手で彼女の乳房をわしづかみにしながら、息を荒げた。

「じゃ、遠慮なく――」

「あっ！　ンっ。うぅんっ……。あぁ……」

彼の手のひらが乳首へと押し当てられた途端、カレンは切なげな声をあげる。

きつくウエストのあたりで両手を握りしめたため、大ぶりの乳房同士が中央に寄せられてさらに谷が深くなる。

「うわ、めっちゃ柔らかい……。こんなに柔らかいなんて……」

少し力を加えただけで、まろやかに成熟したおっぱいは容易にへしゃげて形を変えつづける。

やわやわと二つの乳丘をこねまわしながら、善雄は親指を乳輪に添わせて円を描くようにいじってやる。

すると、瞬《また》く間になだらかな隆起が尖《とが》りはじめ勃《た》ってしまう。

「んはっ。あぁっ、うっ。はぁはぁ……。あ、あぁ、なんだか胸が熱くなって」

息を弾ませながら、色っぽく喘ぐカレンの声を聞いていると、善雄は自分に課していた安全装置が一つまた一つとはずれていくのを感じる。

暴走してしまうのではという恐れが生まれるも、このまま暴走してしまえという欲望も同時に生まれでて彼を駆りたててゆく。

善雄が乳首にかじりついて音をたてて力いっぱい吸いたてると、カレンはびくんっと身体を反応させて小さな悲鳴をあげる。

「きゃっ！　あ、あはぁあぁああっ。やンっ。く、くすぐったい、ですわ。あ、ン」

彼女の初々しくも鋭敏な反応に背を押され、彼はわざと音をたてて乳突起を吸いつづける。無論、その間も乳房をねじるようにして揉みしだくことも忘れない。

（あぁっ。ンぅっ、変っ。変ですわっ。こんな気持ちになるなんて……）

恋というものがどんなものかわからないカレンではあるが、今、胸を存分に苛められて、乳首を吸いたてかじられるたびにきゅぅっと胸の奥が疼く。これが、恋にも似た気持ちなのかと驚きをもって快感を享受しつづける。

動悸、息切れ、眩暈《めまい》――

初めての妖しい感覚がカレンを未知の魅惑的な領域へと追いたててゆく。

「はぁはぁっ。あ、あぁっ。ンっ。つぅっ。こ、ら。歯を立てては、あ、あぁンっ。善雄っ。あ、あぁあっ、だめですわ。そんな赤ちゃんのような真似……。ん、はぁあ、恥ずかしくてよ」

赤ちゃんをたしなめる母親のような口ぶりの彼女だが、その言葉は蕩けきっており、もっとしてほしいと言っているようにしか聞こえない。

そこで善雄は、さらに熱をこめて乳首をかじり、おっぱいをいじりつづける。

「ンっ！　は、あぁあっ。あ、あ、あぁあっ。なんかっ、来ますわっ。あ、あぁ、ン、あ、あぁああっ。や、あ、あぁっ。こ、これがイクっていうこと、なんですのね。あぁあぁあっ、ンっ！　い、イクぅっ。イきますわっ」

彼女の声に合わせて片方の乳首をつねりつつ最大限まで伸ばして指ですりつぶし、もう片方の乳首に力いっぱい歯を立ててやると、カレンは追いつめられた声を放ち、びくびくっと釣れたての魚のように身体を痙攣《けいれん》させてから身体を硬直させた。

「カレンさん。感じやすいんスね。まさか、胸だけでイクなんて……」

驚きの表情を浮かべつつ、満足そうな笑いを浮かべた善雄に彼女は尋ねる。

「……わ、私、へ、変なのかしら？　普通はそうではないの？」

「うーん、俺も知識だけなんで実情はよく知らないんですが、胸だけでイケるってのはそうそういないんじゃないですか？」

「うっ、っく。そ、そんな恥ずかしい真似をしてしまったんですの!?　私……」

「いや、俺的にはすごくうれしいですよ！　むしろ、巨乳ってあまり感度がよくないっていう話も聞きますし、いいことじゃないスか!?」

「うぅうう。そ、そうなのかしら……」

「俺は好きです。てかむしろそのほうがずっといいス。苛め甲斐ありますし」

親指と人差し指で乳首を捻り引っ張りながら善雄は笑う。

「あふっ。ま、まあ、善雄がそのほうがいいならいいんですけど」

その何気ない言葉がカレンはうれしくてならない。

「でも、わ、私ばかり責められてというのは不公平ですわっ」

そう言うと、カレンは善雄の袴の上からおっかなびっくりペニスを触る。そこはすでに硬くそそり勃《た》っていて、彼女の胸はときめく。

「こんなになって……。私の胸を触ってこうなったんですのね？」

「そ、そりゃなりますって。って、う、あ。か、カレンさん!?」

「イケナイ子──」

サドっ気に彩られた瞳を煌かせると、カレンは優雅な所作で善雄の袴を紐解いた。

「う、おぁっ……。なにを……」

「なにって。今度は私があなたを苛める番ですわ。私の恥ずかしい姿を見たのだから、あなたも私に見せなさい」

褌が地面へと落ちた。善雄は下半身をさらけだした格好となる。

股間を庇うものをすべて失い、ひどく心もとないばかりでなく、カレンの瞳にいきり勃ったグロテスクな肉棒の形が映りこんでいるのを見て、さすがの彼も恥ずかしくなる。

「っく！　あ、あんまりそんなに見ていいもんでもないスよ？」

たまらず股間を庇おうとするも、彼女の手が善雄の手をつかんだ。さすがは副長だけあって、握力も半端《はんぱ》じゃない。

「あら、なぁに。恥ずかしがってるの？　私だって見せたのに？」

「だってそりゃ、カレンさんのは綺麗ですし――」

「あなたのも汚くなんてないわ。もっと見たいわ……。見せて……」

そう言いながら、カレンは肉竿に手を添えるとその場に膝をつき、間近で雄々しい肉勃起を見つめる。

一方、善雄はそわそわと落ち着きがない。

（ふふっ。可愛いですわ。苛めたくなってくる……）

困り果てた彼をぞくぞくする想いで見つめると、カレンはわざと彼を恥ずかしがらせるために、事細かにシンボルの状態を説明してやる。

「すごく熱くなって。硬くて……。びくびくしてますわ……。太いんですのね」

「うっ。あんま言わないでくださいよ」

赤らんだ顔をしかめつつも、はぁっと熱い吐息をつく彼をもっといじりたくなる。

「あっ。またビクンって。ずいぶん元気がいいですわね」

太い血管が熱く脈打っているのがわかる。初めて見るため、彼のものが大きいのか小さいのか彼女には判別できなかったが、人差し指と親指とで輪っかを作ってみると、指先同士が触れ合わないくらいに太いので、きっと大きいのだと思う。

初めて見るペニスの先端は剝けきっていて赤紫色にぬめ光っていた。

「……それで、これをどうすればいいのかしら？」

竿を筒のように手で持つと優しく擦りたてつつ、カレンが尋ねてきた。擦ればなにか出てくるというのは小耳に挟んだ知識として知っていた。

しかし、具体的にはよくわからないし、たった今までさして興味もなかった。

一方、善雄は憧れの綺麗なお姉さんに触ってもらっているだけでも信じられないくらいなのに、さらに奉仕してくれるのだという。

思わず、自分は夢を見ているんじゃないかと頰をつねるも、きちんと痛い。

「そ、その。手で擦るのもいいんですが……。できれば、その……」

「ん、なあに？　きちんと気持ちよくさせてあげたいから、ちゃんと教えなさい」

彼女に命令されるたび、善雄の股間はいっそう力を増してゆく。その様子にカレンも気づき、あえてサドっ気もあらわに振る舞っていた。

「胸で、これを挟んで。し、してもらえますか？」

「ふぅん……。お安い御用ですわ」

カレンは中腰になると、乳房を下から持ちあげて胸の谷間に肉塊を挟みこんだ。むっちりとした感触とこもった熱とを敏感な半身で感じ取り、善雄はぶるっと身震いしてしまう。

深い谷間は汗ばんでいて、きめ細やかな肌がごつい剛直を優しく包みこむ。

「こうやって擦ればいいのね……。少し、難しいわ……。ちゃんとうまく挟みこめないというか……。ん、こうすればいいかしら？」

胸を弾ませて肉棒を擦ろうとするも、角度の兼ね合いもあって、亀頭が乳房を小突いて谷間から滑りでてきてしまったりと意外に難しい。

そこで彼女はひらめくと、口端から先端へと向かって涎を伝わらせた。

やや厚ぼったくいやらしい唇から涎が糸を引いて、亀頭へと滴り落ちる様子を見つめながら善雄は体を硬直させる。

「ンっ、これでいいわ……。ちょうどいい……」

乳房同士をこねこねと触れ合わせて、丘全体に涎を塗りたくると、カレンは本格的にパイズリをはじめた。

適度な粘りが出て、胸で熱く滾《たぎ》った肉棒をしっかりと捕獲できる。

「うっ！　ちょっ、あ、っく……。はぁはぁ……。カレン、さんっ。うあ」

「どうしたんですの？　気持ちいいの？」

大きな胸が上下にたゆんたゆんと揺すられ、にじゅにじゅと湿った音をたてながら、熱い灼熱の棒をますます逞しく育てあげてゆく。

「は、はいっ。気持ちよすぎ、です。や、ヤバっ。っく、すぐに出ちまいそうで」

「……本当に可愛い声を出しますのね。善雄、もっともっとしてあげますわ。我慢しなくてもいいんですのよ」

やがて、カレンは胸の谷間から突きでた先っぽを頬張った。

そのまま、飴玉でもしゃぶるように口のなかで転がしてやる。

「っくっ、う、あ、あぁっ。もっ、も、もっ！　うくっ」

「ンっちゅ、っふ。ぺろっ。どうかしまして？　ふふっ。ン、ンンっ」

丸く開かれた唇がゴム輪のように捲れあがり、顔をゆっくりと上下するたびにくぐもった音がする。

カレンは、熱を入れてパイズリとフェラチオとを交互に繰りかえし、いたずらっぽく上目づかいで善雄を見あげた。

その小悪魔っぽい表情に彼はやられてしまう。もう、どうにでもしてくれという気持ちにすらなってしまう。

しばらくして、乳房が弾む速度がどんどんと速くなる。

限界まで硬度が増し、そしてついに善雄は我慢できなくなった。

「くあぁっ。もう、無理っ！」

そう低く唸ると、必死に堪えていた射精の衝動に身を委ねる。

ちょうど、ぢゅぽんっという音をたてて、カレンの口中から肉棒が飛びでた時のことだった。

尿道口から勢いよく熱いザーメンが飛びだすと、彼女の大人びた美貌を白濁に染めあげた。

「っきゃ、あ、熱いっ。本当にっ、あ、な、なにか出てきてっ」

顔全体に精液のシャワーを受けとめつつ、カレンが驚きの声をあげる。

青臭い汁が彼女の長い髪にも飛び散り、ほっそりとした顎から豊乳へと伝わり落ちてゆく。まだ、カレンは胸を抱えていたため、谷間に精液溜まりができてしまう。

「わ、汚してっ。す、すみません。俺……」

すぐに我にかえった肇が、あわてて着物の袖で彼女の顔を拭ってやる。

だが、その手をとめ、唇の端に垂れてきたザーメンを舌で舐め取ると、彼女は目を細めて意地悪い笑みを浮かべた。

「我慢できなかったんですの？　それくらい気持ちよかったんですものね？」

「は、はい……」

叱られた子供のようにしょげる善雄。そんな彼をさらにカレンは言葉で苛める。

「で、今の。イッたんですの？」

「ま、まあ、そうです」

「ならば、おあいこですわ」

そう言って、やや力を失ってしぼんだ彼のシンボルを手に捧げ持ったまま、勝ち誇ったように笑ってみせる。

余裕を取り戻した彼女を見た善雄は、憮然とした表情を浮かべると、負けたままでおくものかとカレンへ新たな提案をしてみた。

「……じゃ、次は引き分け、しますか？」

「——え？」

そう言われた途端、カレンは、はっと身構える。

「一緒に恥ずかしいこと、同時にしませんか？」

「ど、同時に……」

この次になにをするのかということはおぼろげに察しがついていた。

男と女は合体する生き物だと——

だが、どうすればあんな巨根が自分のなかに入るのかまるで想像もつかない。

(なにを怖がる必要がありますの!?　大体、赤ちゃんだってここから出てくるですのよ。入るに決まっているじゃありませんの)

ともすれば萎《な》えてしまいそうな勇気を奮い立たせるために、自らに強く言い聞かせるも、未知の領域を前にして立ち竦んでしまいそうになる。

「……や、怖いならいいんすけど。無理強《むりじ》いはしませんし」

彼女の反応を見てとった善雄がとっさに気をつかう。

が、それがかえって逆効果になってしまう。

「聞き捨てならない言葉ですわね。私を誰だと思ってますの!? 新撰組副長、土方カレンですのよ! 怖くなどありませんわ」

かえす言葉でそう言ってしまって、しまったと思うも、一度言ってしまったからにはもう引けない。

カレンは、意を決すると、彼に向かって背を向け、木造の家屋の壁へと両手を当てて腰を突きだした。

突如、肉づきのよい丸いヒップを捧げられた善雄は息を呑んだ。

形のいい尻だった。その女らしい丸みを帯びた曲線を目でなぞる。ボリュームたっぷりのヒップの小高くなった箇所同士を着物に刻まれた皺が平行線に並び、今にもはちきれんばかりだ。

胸の丸みも魅惑的だったが、年上の彼女ならではの発達した臀部もまた、善雄にとってはひどく魅力的で。ほどよく肉が乗った尻はまさに垂涎ものだった。

「——好きになさい」

こんなポーズをするのは、カレンにとってはあくまでも困惑した表情を見られたくないがための苦肉の策だった。

当の本人は合理的なポージングだと思ってのことだったが、善雄にはまったく別な意味に受け取られるとまるで気づいていない。

(さ、さすが年上……。いきなりバックって過激だぜ……)

カレンの大胆さに圧倒され、善雄は乾いてしまった唇を舌で湿らせる。

「でも、本当にいいんスか……。だって、カレンさん、初めてじゃ」

「それを言うならあなただって初めてじゃありませんの!?」

「それはたしかにそうっスけど。男のそれと女のそれじゃまた別っていうか……」

「男も女も関係ありませんわっ！　フェアならいいでしょう！　さあ早くっ」

「わ、わかりました」

恥ずかしさを必死に堪えて、尻を左右に振ってみせる彼女にうながされた善雄は、すでに復活の兆しを見せつつある若いペニスを片手で擦りたてつつ、もう片方の手でくるぶしまである着物を一気に捲りあげた。

「っく。う……」

顔を見られないということは、彼女も彼の表情を確認できないということでもある。

ショーツに包まれた美尻を剝きだしにしたカレンは、今さらそんなことに気がつく。

(な、なにをじっくり見てます、の……)

彼がどんな動きをするかまるで予想もつかない。それが刺激となり彼女の興奮を高めてゆく。

一方、善雄はといえば、眼下にさらされた黒のTバックに胸を貫かれていた。

(ま、まさかっ。Tバックとは……。す、すげえ、めっちゃ食いこんでるし)

尻の谷に食いこんだTバックから、たわわな尻肉が剝きだしになっていた。最小限しか隠さないその魅惑のデザインに、善雄は敬服してしまう。

脱がしてしまうのがもったいなくて、彼は彼女の尻たぶをつかむと思いきり左右に割り開いてみる。

と、ほぼ線でしかない布切れの間に隙間ができ、柔らかな毛と複雑にくねった肉ビラとが垣間見える。

もうすでに痛いほどに張りつめた若勃起を善雄は早速、そこへとあてがう。

と、亀頭にこれまで感じたことのない熱を感じ、気ばかりが急いてしまう。もどかしい思いに突き動かされながら、善雄は思いきり腰を突きだした。

しかし——

「っきゃ、あ、ぅうっ、そ、そこっ、違います、わっ……。あ、あンっ」

媚肉がすでに濡れそぼっているため、愛蜜が潤滑油の働きをして刀身を滑らせてしまったのだ。

火照《ほて》った溝肉の浅い箇所を抉りつつ、亀頭がカレンの股を素通りしてしまう。

まるで自身の股間からペニスが生えでてきたかのように見え、彼女は頬を染めた。

「す、すみません。あれ、どこだ。滑るし難しい……。ちょっと待ってください」

善雄は少し焦った声で言うと、もう一度腰を引き、今度は注意深く腰を進めてくる。

だが、またもぬりゅんっと肉棒が滑り、彼女の前へと突きでてしまう。

(あ、あうっ。な、なんだか、おかしいですわっ。やるなら一気に……。してくれればいいのに……)

もう来るかもう来るかと、何度も覚悟を決めるのに、そのたびに空振りに終わってしまい、カレンは焦らされているような気がする。

だが、そう思ってしまったことで、彼女は自分がそれを求めているのを知る。

(ば、馬鹿な……。なかに欲しいだなんて。別にそんなこと思ってませんわ。そんな、はしたないこと)

そのはずなのに、焦らされれば焦らされるほど、身体中が火照《ほて》ってくる。

肉棒がラヴィアを擦りたてるたび、子宮の奥がむず痒くなり、膣内がきつく収縮しては弛緩してを繰りかえしはじめていた。

無論、そのたびにおびただしい愛液が湧きでてきて、湿った音をたてて浅い箇所をこすりたててくる肉竿を濡らし、さらに地面へと滴り落ちてゆく。

「こ、ここか?」

「ンっ、あ、あ、あぁはぁあっンっ……」

やがて、善雄は彼女のなかを指でまさぐり、奥へとつづく場所をようやく見つけだした。本当はじっくりといじってみたり観察したかったが、ただでさえ何度も挿入に失敗してしまっているせいもあり、とてもそんな余裕はない。一刻も早く挿入《い》れねばという焦燥に駆られていた。

そのため、善雄は、彼女の膣内に差し入れた指を鉤状にして、ペニスをねじこみやすいよう、上方向に力を加えてヒップの位置をもう少し高く突きださせた。

まるで、釣りで獲物が釣れた様子を彷彿《ほうふつ》とさせる。釣り針が彼の指であり、釣果が女陰という構図だ。

「よ、し。ここ、だな。っく!」

挿入《い》れる場所はわかった。

だが、次なる難関が彼を待ち受けていた。亀頭のエラが早速入り口で引っかかってしまい、なかなか奥へと入らないのだ。

「あっ! んくっ、あ、あぁっ。熱いっ。お、大きっ。あ、ンンンっ」

熱を帯びた肉の鉄槌を力任せに押し当てられ、混乱したカレンは腰が引けてしまいそうになる。

しかし、一度決めたことは必ず成し遂げる、彼女の鉄の決意は揺るがないし年上のプライドもある。

彼女は眉を切なげにハの字にしたかと思うと、目を閉じ唇を嚙みしめて、ただその時をじりじりと待つ。

（う、うぅっ、い、痛っ。こんなのっ。本当に入りますの!? 善雄のがおっきすぎるのがいけないんですわ）

先ほど精をやったあとの状態ならば入ったかもしれない。

そんなことを考えてしまい、さっき以上にはちきれんばかりに膨張した怒張を恨めしく思ってしまう。

しかし、なんのタイミングか、彼女がふっと身体の力を抜いた途端、一瞬膣穴が緩んで、とうとう大ぶりの亀頭を迎え入れた。

「っつ！ う、あぁあああっ！ はぁはぁ……。あ、あ、あくっ。ん、っつ……」

想像以上の拡張感とあまりの痛さに悲鳴をあげてしまいそうになるも、カレンは必死に口もとを押さえて声を堪えきった。

顔面は蒼白になり、身体が大げさなほど、ひとりでに震えはじめる。

「あ、あ、っくぅっ、はぁっ。ンっ、もう、もう全部入りまして？」

早口でそう尋ねると、絶望的な返答がかえってきた。

「っくはっ。き、つぅ……。いや、まだ先っぽだけです」

ぬるぬるの内膜で万力のように締めつけてくる蜜壺の圧を感じつつ、善雄はさらに腰を進めてゆく。

痛いはずなのに、ぬぬぅっと熱くて太いモノがなかへ侵入してくる感覚がいやらしくてカレンは総毛立ってしまう。

身体がバラバラになってしまいそうな激しい痛みのなかに、なにか得体の知れない甘い感覚が混ざっているような気がする。

「……まだ、そんなっ。っく、うぅうっ。あ、はぁっ、っつ、っく、あ、あぁ」

「大丈夫。ここが一番太いんで、あとはもう全部入るはず……。呼吸、深く繰りかえしてみてください」

おこりのように震え、力んだ彼女の背中を撫でてやりながら善雄は熱いシンボルを肉壺のなかへとめりこませてゆく。肩甲骨が浮かびあがり、二枚の羽が生えているかにも見える。くびれた腰から張りだした尻へのラインが悩ましい。

「っく、ふぅうっ。はぁはぁ……。あ、あっ、そ、それ以上は……」

しばらくして、彼が三分の一ほどなかに半身を穿《うが》ったところでひときわ狭くなった箇所へと行き当たる。それこそが処女の証だった。

「じゃ、いきます……。かなり痛いかもしれません。大丈夫スか？」

「……えぇっ、い、一気にして」

全身に汗が滲み、肩で激しい息を繰りかえすカレンは、必死に答える。

もっと余裕ぶっていたいのに、思うように振る舞えない。彼が言っていたように、なるべく深い呼吸を心がけるものの、すぐに短く速い呼吸になってしまう。

善雄は、彼女の腰を本格的に抱えこむと、処女膜を突破しようと一息に全体重をかけた。少し怖くもあったが、一気にしてほしいという彼女の言葉どおりに――

ややあって、なかでなにかがぷちっと弾けるとともに、カレンの目蓋の裏が赤く染まる。

「いっ！　あ、あぁあああああぁっ！　あはっ、っつ、あぁああぁぁあっ！」

悲鳴のような声と同時に、鋭い痛みが身体のなかで弾けた。背中を反らして、頭を勢いよく持ちあげたせいで腰ほどまである長い髪が宙を泳いだ。

「っうし、入り、ました……。すげ、キツい……。絞られる」

まだ硬い感じがする彼女のなかは熱くて、そしてひたすら狭かった。

沸騰した湯のなかに突っこんだかのような感覚に善雄は震える。

奥のほうにある無数の柔突起がイソギンチャクのように絡みついてきて、獲物を食《は》むような複雑な動きをみせる。

そのたび、腰が浮いてしまうような奇妙な感覚を覚える。

（あまり長くはっ、無理かも……）

ただでさえ、先ほど熱の入った胸奉仕で一度果てているのだ。

二度目はあまり長く持ちそうにない。痛みに堪えるカレンをきちんとイカすことができずに果ててしまうことは避けねばと思った善雄は、一刻も早く彼女の痛みを楽にしてやりたい一心で射精の衝動を堪えつつ、腰を力任せに前後しはじめた。

「っきゃっ！　あっ、っく、い、いっ、あぁっ、あ、あ、ぁああっ」

太い灼熱の棒で限界まで割り開かれたカレンは、内臓をすべて抉りだされてしまいそうな痛みを必死に堪える。

腰を前後に動かされるたびに、痛さのなかにわずかに混じる甘い感覚にすがりつく。奥を割り開かれる際には息がつまるが、その後、張ったエラでなかを抉られ引き抜かれる時に、なんともいえない解放感が訪れる。

「んっ、あ、はぁはぁっ。んっ、ンンっ……」

やがて、苦悶の表情を浮かべた彼女から鼻から抜けるような声が紡がれはじめた。

（い、痛いはずなのにっ。なにかこうっ。ざわっとする……）

特にそれは、太い肉栓が引き抜かれる時にひときわ強く感じる。痛みから解放されると同時に、脳が痺れてしまうようなそんな奇妙な感覚は徐々に強くなりつつあった。

快感と痛みとが交互に訪れ、混ざり合い、初めてを知ったばかりのカレンを惹きつけてやまない。

「あぁっ！　ンっ、はぁ、はぁああっ。あ、あ、気持ちよくなって、きましたわっ。ふぁあっ、熱いのがっ、いっぱい入ってくる。あ、ぁああ、あぁああン」

痛みが収まってくるにつれ、カレンは自らも腰を前後に揺すり、より深い快感を求めようとひとりでに身体が動きはじめてしまう。

張りのある桃尻をさらに高い位置に突きだして左右に振る様が善雄の牡をそそる。

いきり勃《た》った濡れたペニスが、彼女のなかにずぷぷっという音をたてながら沈んだかと思うと、なかから出てくる時に性器の内膜ごと出てきてしまうのではと思えるようなつなぎ目から性器の歪む様まで丸見えだった。

乾いた音をたてて、腰を強く打ちつけるたび、汗で湿った尻肉と胸がぶるんっと乱暴なまでに揺れまくり、つながった箇所からは甘酸っぱい蜜が飛び散り地面を濡らしてゆく。

「くあぁっ、あ、あぁあっ！　ンもっ、もうっ、あ、あぁあああ、頭のなかがっ、変に、なってっ。あぁあっ、すごいっ。すごっ、もうもうっ。あぁあ、い、イクぅう」

「カレンさんっ、俺も――」

「来てっ、善雄っ！　来なさいっ！　あ、あぁああっ、私のなかにぃっ！　なかにぃいいいいいぃいいっ！」

副長の痴態に触発され、汗みずくになった体をぶつけつづけ、やがて善雄は彼女のイキ声に合わせて思いっきり深く強く最奥を穿《うが》ち、次の瞬間、小さくうめきながら蜜壺から半身を引き抜いた。

刹那、鈍く光る刀身が彼女の背の上で上下に脈打ち、尿道口から茹《ゆ》だった精液が勢いよくほとばしりでた。

「んあはぁあああっ。熱い、熱いっ。あぁああ……。背中にも熱いのがっ、あぁあ」

髪を振り乱しつつ、天をあおぐように見たカレンは四肢を硬直させる。頭の回路の何本かが完全にショートし、なにも考えていられなくなる。

顔に撒き散らされたあの青臭い体液が、背中一面に降り注ぐのを感じつつ、彼女は膝を震わせる。まるでその様子は、生まれたての小鹿のようで。

善雄は、体を折って彼女を背後から抱きすくめた。

「カレンさん。好きです。俺、頑張るんで。絶対に惚れさせてみせます」

「ンっ、っふぅ。はぁはぁ、それは、悪くないですわね……」

息を乱したまま、カレンが吐息混じりに熱く呟く。

「え!?」

「きっと、私、あなたとなら——」

そこまで言ってから、カレンは言葉を中断し、身体の緊張を解いてその場に崩れ落ちそうになる。

背後から抱きしめられているため、かろうじて膝を地につくのみにとどまる。

「ま、マジですか！」

彼女の体重を感じながら、彼はうれしげな声をあげる。

だが、首を後ろへと巡らせると、半目になって口を尖《とが》らせたカレンが念を押すのを忘れない。

「……ですけど、油断は禁物ですわよ」

「はっ、はい！　俺、頑張るっス！」

善雄は元気よくうなずいてみせると、珍しく屈託のない笑みを浮かべた。

その笑顔に触発され、カレンもまた薄く微笑むのだった。

第四幕 乙女新撰組♥Wデートデイ

1 穏やかな時間

「なんかさぁ。局長と肇クンってあやしくなあい?」

「まっさかー、局長に限ってそんなことないでしょ。鬼の局長よぉ?」

「でもなんか、ほらさあ……。肇クンってすぐに顔に出るでしょ。あれは恋してる顔だわよ。絶対間違いないって」

「それ言うならさあ! 副長もなんかおかしいよ?」

「熱いため息何度もついてたりして。あれこそあやしいって」

「えー、でも相手は誰よぅ」

「副長はやっぱり大人の恋が似合うわよねえ。どこかのお金持ちに見初《みそ》められて、みたいなぁ?」

「きゃぁっ、アダルティィっ！」

今日も今日とて新撰組は少女隊士たちの軽やかな会話で盛りあがっていた。めいめいにおめかしをして、これからどこかへと出かけるところなのだろう。

そんな彼女たちを遠巻きに眺めつつ、心梨とカレンと奏音は、日陰となった縁側でのんびりとお茶を飲んでいた。風鈴が涼しげな音をたてている。

今日は休日だった。俸禄日だけだった休日を週に一度に増やしたのだ。

「はぁ〜。お茶はいいのぅ」

心梨が、淹《い》れたての緑茶を啜りながら、年寄りじみたことを言ってほうっと息をつく。

「お抹茶《まっちゃ》にトラヲの羊羹《ようかん》っ♪　おいしいね♪」

縁側の端に腰をおろして足をぶらつかせながら、奏音が声を弾ませる。

「あら、沖田。あなただけお抹茶なの？　私も欲しいですわ。局長は？」

「む、捨てがたいな」

「あははっ。それじゃ二人にもつくってきてあげるよっ」

そう言うと、彼女はツインテールを元気よく揺らしながら、土間へと向かって廊下を駆けていった。

その背中を見送り、心梨とカレンは笑い合う。

真っ青な空には絵筆を軽く真横に引いたような薄い雲がかかっていて目に沁みる。

小鳥たちのさえずりが、心地よいBGMとなり、借景の庭園は萌えいずる緑に彩られていた。ただそこにいて、庭を眺め佇んでいるだけで気持ちが凪いでくる。

悪霊を退治する剣客《けんかく》集団の屯所にはあまり似つかわしくない庭だな、などと心梨は思いつつも、心が洗われる心地がして、だからこそ必要なのかと思い直してみたりもする。

しばらくして、カレンが口を開いた。

「あの、局長」

「うむ、なんだ?」

「――その、その節は申しわけございませんでしたわ。私、短慮すぎました」

庭に敷きつめられた砂利石を見つめて、しおれた声で言う。

すると、心梨は彼女に元気よく笑ってみせた。

「なぁに。気にするな。大事ない。おまえの言うことももっともだったしな」

「……そうですか。もうてっきり嫌われたかと」

カレンは、表情を緩めて寂しげにぽつりと呟く。

心梨は、そんな彼女に向かってなんでもないように言ってのけた。

「ちょっとやそっとで揺らぐような関係ではないだろう？　何年の付き合いだと思っ

ておる。もう十年も経つのだぞ」

「……ええ、そうですわね」

二人は、困ったようにうれしそうにはにかみ合う。

わだかまりが解け、つい顔が綻んでしまう。

心梨は、青空を眩しげに見つめ、遠い目をして言葉をつづけた。

「先の大戦《おおいくさ》の直後、焼け野原になった京で、一人残された私はなにをしたらいいかわからなかった。退魔の力はあったが、これをどう活かせばよいかわからず途方に暮れていた。私一人では、父上との約束を守れなかったと思う」

「なつかしいですわね……」

二人は、初めて出会った時のことを思いだしていた。

焼け野原で人を襲っていた悪霊を反射的に退散させ、呆然と立ちつくしていた心梨の前に二人の少女が現われたのだった。

「私に、退魔の術を教えてほしいと言ってきたのはおまえたちが初めてだったのだぞ」

「ええ、私は力が欲しかった。世間知らずの公家《くげ》の娘が、生きていくためには色を売るしかないというこの世を恨みましたもの。あの時の私は、ただ力が欲しかった……」

「自分に理解できない力を持つ者を人は恐れる。鬼の子と恐れられ、避けられてきた私を恐れずに慕ってきたのは、おまえと奏音のただ二人だけだったんだ」

「局長……」

「だから、今までやってこれたのだ。そして、それはこれからも変わることはない。それだけは絶対に。私がおまえたちを嫌うということは万が一にもありえぬ」

「……はい」

その強くまっすぐな言葉にカレンは涙を浮かべ、幸せを噛みしめるように言ってうつ向いた。長い髪が肩から滑り落ち、膝に落ちていった涙を隠す。

「まあ、そのな。私も悪かったんだ。本当に最近、なんだか調子が狂ってて——」

頭をかきつつ、照れくさそうに心梨は言う。

すると、それはもっともだとしたり顔でカレンがうなずいてみせる。

「ええ、それは私もわかりますわ。調子、狂ってしまいますわね」

「むっ。カレンもそういうことがあるか？」

「ええ。思ったようにまるでいかなくて。驚くことも多くて……」

ため息をつくものの、どこかうれしげな様子だ。彼女の言うことに思い当たることが多すぎる心梨は、同じく甘いため息をついてしみじみと呟いた。

「だな。自分の感情なんて自在に操れると思っていたが、思いあがりだった」

「そう、今ならば私もそう思いますわ」

互いの間に生まれていた溝が埋まっていくのを感じる。

しばし、そのまま感慨にふけっていた二人だが、心梨がいたずらっぽく笑うと半目になってカレンにウインクしてみせた。

「で、相手は誰なのだ？」

「……それはっ、ひ、秘密ですわ」

カレンが頬を薔薇《ばら》色に染め、心梨から視線をはずすととってつけたようなぎくしゃくした所作で緑茶を啜りあげる。

「私とおまえの仲だろう？　教えろ」

「い、いかに局長と副長の間柄でも、個人のぷらいばしぃは護られてしかるべきですわよ」

「ま、けちけちするな。減るモンでもなし」

そう言って肘でカレンの胸を脇からつつく様はまんまオヤジである。愛くるしく幼さをまだ残した顔とのミスマッチが笑いを誘う。

「まあ、いずれ。機会があればお話ししますわ」

「ははっ、機会なんてものは作るものであろう？　じゃ、今度一緒に呑みにいくか。もろもろ語りたいこともあるしな」

「それもいいですわね。じゃ、花街のお茶屋でゆるりと。局長は花街でのお散歩が大好きですものね。お忍びで」

「っく……」

バレバレの行動はけして「お忍び」とは言わない。心梨は誰にもバレないように、時折、気晴らしに花街を散歩しているつもりだったが、カレンはすべて知っていたのだ。今さらのようにそのことに気がつく心梨。

だが、思いかえしてみれば、バレていたんだろうなと思える節はたくさんあった。

「まさか、今頃気づいたんですの?」

カレンに図星を衝かれ、うっとうめいた心梨は、「わ、悪かったな」と言って口を尖らせる。

「いえっ。そんなマヌケな局長もいいですわ。激しく萌えまする」

「…………」

ぽっと頬を赤らめて熱いまなざしを送ってくるカレンに心梨は、やれやれと首をすくめてみせた。

そして、遠くに連なる山々を眺めつつ、誰に言うともなく言った。

「——花街は女の街だ。男のための街のように思われがちだが、私はけしてそうは思わん」

「女が花と咲き、散りゆく場所、ですわね」

「道は違えど、美しい盛りを美しい衣装で彩り、刹那《せつな》の時を堂々と胸張って生きる力強い様子に勇気づけられるのだ。あそこは私にとって特別な場所。だから護りたい。だからこそ、傍に屯所を設けたのだ」

「悲しいかな、彼女たちは我々を避けていますけどね。奇妙な術を使うものと」

「だから、花街においての退魔は、外にまでわざわざ誘導していたのだ」

「……そんな局長の想いを踏みにじって申しわけありません」

カレンが顔を曇らせて頭をさげる。

そんな彼女に微笑んで見せると心梨は言った。

「ああ、もうそれだけはしないでくれ」

「はい、必ずや」

しっかりとうなずいてみせるカレンが、何事かに考えを巡らせつつ、顎に手を当ててためらいがちに言葉をつづけた。

「しかし、そんな場所で、あの二人と出会ったことにもなにか意味があるのかもしれませんね」

「そうかもしれぬな」

と、その時、置時計が四時を告げた途端、二人ははっと顔を強張《こわば》らせると、同時にその場に勢いよく立ちあがって叫んだ。

「もうこんな時間か！　大事な約束がっ」

「もうこんな時間ですのっ！　大切な約束がっ」

同じこと言って、それに気づいて耳まで真っ赤になって押し黙ってしまう。

「……じゃ、健闘を祈る」

「え、ええっ。局長もご武運を――」

妙にぎごちない彼女らしい言葉を交わすと、二人はそそくさとその場を去ってゆく。

そんな二人を遠目に見て奏音は目を細める。

「んもぅ。お抹茶《まっちゃ》、せっかく作ってきたのに。ま、三杯ともあたしが飲んじゃうから問題ないけど、ね」

彼女はお盆を置いてその場にちょこんと座ると、体を摺り寄せてきた猫のタマを膝に乗せ、抹茶を堪能しながら歌う。

「吹け吹け～新しい風。風が吹きますように～。贅沢いえば、ついでに一つ、あたしにもぉ～」

節まわしは適当だ。恐らく、即興で彼女が口ずさんでるだけなのだろう。

「ま、まずはあの二人が幸せなら、それでいいんだけどね」

そう満足そうに言うと、ふてぶてしい顔をした猫を撫でる。猫は、しゃがれた鳴き声で、彼女に相槌を打つ。

「んじゃ、二人がいないうちに瓦版《かわらばん》でも作るっかな～」

そう言いながら、奏音は胸もとから藁半紙《わらばんし》を取りだす。

ある穏やかな午後のことだった。

2　花街で待ち合わせ

花街の中央にあるとあるお茶屋の一室で肇は正座をして、落ち着きなくあちこちを眺めまわしていた。

芸姑《げいこ》のはんなりとした笑い声や三味線の音がどこからともなく聞こえてきて、自分には場違いな気がする。

そんな肩身の狭い想いをしていると——

突如、ばたばたと物々しい音がして、襖《ふすま》が左右に勢いよく開かれた。

と、そこには、肩を上下させ荒い息を繰りかえす心梨の姿があった。

「すっ！　すまぬっ。待たせたなっ！」

「いや、今来たとこですし」

「いやいやっ、そんなベタなコト言わずともよい」

「…………」

心梨の鋭い突っこみに肇は閉口してしまう。

だが、彼は別な意味でも言葉を失っていた。

「むぅ、どうしたのだ？　なにか変か？」

心梨が髪の毛先を指で巻きつつ、上目づかいに彼を見る。

視線が交わった途端、肇は思いっきり視線を逸らして下を向いてしまう。

「いや、へ、変じゃないですし――」

「二人きりの時は丁寧語は使うなと言ったであろう？」

「ああ、う、うん」

「で、私の顔になにかついておるか？」

耳まで真っ赤になった肇の顔を面白そうに覗きこんでくる。その顔は、彼が動揺している理由を明らかに知ったふうで、肇は悔しく思う。

ストレートの髪をおろした彼女は、豪奢な緋色の着物をまとっていた。いつもの羽織に丈の短い着物という姿ではない。身のこなしも、ぐんと女っぽく優雅だ。

いつもの快活な雰囲気とは真逆で、こんなにしとやかな姿にもかかわらず、肇との待ち合わせの時間に間に合わせようと（※注　ただし結局間に合わなかったのだが）全速力で駆けてきたのだろうか？

ちょっと想像しただけで、笑いがこみあげてくる。

「で、私の女装はそんなにお気に召したか!?」

「じょ、女装って。心梨は女の子だし、元々」

「ふふふっ、まあな」

本当はおめかししてきたという言葉が恥ずかしくて、敢えて女装という言葉を使ってみたのだが、それを肇に知られるのもつまらないと、心梨は笑ってごまかす。

「いつもの格好だと目立ちすぎるゆえな。いかに顔を傘で隠していようとも、お忍びで歩くには不向きだと知ったのじゃ」

「今頃気づいたんだ⁉」

「……カレンと同じことを言うな」

苦々しいひきつった笑いを浮かべると、彼女はため息をついた。

「いや、だけどさ、その格好もある種目立つって」

頭をかきながら、ちらちらと横目で彼女の姿を見やりながら肇は言った。

「むぅ、そうか？」

心梨は、あどけなく首を傾げてみせる。

「初めての逢引ゆえ、な。少しばかり気合入れすぎたか」

「少しっていうか、かなり？」

「……いちいちうるさい。阿呆っ。誰の目もあるわけでなし、よいではないか」

「あ、う、うん……」

誰の目もあるわけでない――つまり二人っきりだということを改めて意識してしまい、肇の心臓が早鐘を打ちはじめた。

だが、心梨は別段、特別な意味をこめて言ったわけではないらしい。

うれしげに肇の傍に座ると、着物の袂からなにやら包みを取りだし、ずいっと肇に押しつけた。

「うわ、な、なんだっ⁉」

「開けてみぃ」

「う、うん……」

葉を乾かした包みはまだ温かい。肇は突然のプレゼントに胸躍らせながら包みを開いた。

すると、そのなかからは岩――

ならぬ岩のような形をしたいびつなおにぎりが二つ出てきた。

「お、おにぎり？」

「うむ。ちょうど小腹が空いた頃だと思うてな。ほら、肇、言ってたであろう？」

瞳を輝かせながら、彼女は誇らしげに言った。

「え？　なにか言ったっけ？」

「阿呆っ。自分の言ったことくらいきちんと覚えておけ」

自分のことは棚にあげた心梨が頬をふくらませてそっぽを向く。

「えー、あー、うー。あっ！　も、もしかして自己紹介の時のアレ？」

「そうじゃ！　肇は料理ができるおなごが好きなのであろう!?」

（あれ、別に適当に言っただけなんだけどな……）

曖昧に笑いつつ、まさか彼女がその時のことを律儀に覚えていて、自分のために慣れない料理（？）をしてくれたのだと考えるだけで感動してしまう。

「ありがとう！」

「わわっ。な、なんじゃいきなり」

おにぎりを大切そうに包みに戻した肇が、不意に胸にこみあげてきた衝動に身を任せて心梨を抱きしめた。

心梨は驚きつつも、彼の体に包みこまれどぎまぎしてしまう。

「ん、なんかいい匂いがする？」

「こら、犬のように鼻を鳴らすな。ただ、単に前の晩に着物に香を焚きしめておいたのじゃ。桜の香ぞ？」

男勝りな彼女が、自分のためにそこまで念入りに、ただこのひと時のために心をつくしてくれたことがうれしくてうれしくて。胸がいっぱいになった肇は、感極まって彼女を抱きしめた手にさらに力をこめた。

「んきゅうっ、こら……。そんなにきつく締めるな。息がつまってしまう」

「ああ、ごめんごめん」

肇が腕の力を緩めると、軽く咳きこみながら心梨が甘く睨んでくる。彼の胸にきつく押しつけられたせいで、頬に着物の跡が残りピンク色に染まっている。肇は彼女の頬へと手を伸ばした。

「つい力の加減を忘れて。顔赤くなってる」

「むう」

頬を撫でられて心地よさげに心梨は瞳を細めた。その表情が肇の心に火をつける。

「——ごめん」

そう言うと、肇は顔を彼女に寄せて唇でその跡に触れた。

「っんぅ、くすぐったい。肇」

首をすくめてくすぐったがる心梨の何気ない素振りが、さらに彼のなかに芽生えた炎を煽りたててゆく。

肇は、彼女のうなじを指先で撫でつつ、小さな耳たぶに吸いついた。

「あっ。んっ。くすぐったいと、言っておるだろう。あ、あぁっ」

耳たぶをしゃぶられたかと思うと、今度は滑らかな舌が大胆に耳の穴へと侵入してきたため、心梨はびくりと反応してしまう。

「くすぐったいだけ？」

「んっ。はぁっ。あ、あぁああ……。肇っ」

うなじを舌先が這ってゆくと、唾液と混ざり合った彼女の香りが濃厚に立ち昇る。

その香りを胸いっぱいに吸いこみながら、肇は彼女をその場へと押し倒した。

「あぁっ」

彼の重みを感じながら、心梨は瞳を潤ませる。

たくさんのキスがうなじへ首へ降ってきたかと思うと、着物の前合わせをひろげられ、細い鎖骨にまで降ってくる。

瞬《また》く間に白磁の肌に桜の花びらを彷彿《ほうふつ》とさせる印が刻みこまれていった。

柔らかな唇が触れ、さらに滑らかな感触のぬめった舌が触れるたび、心梨は切なげに震え、呼吸を乱しささやかな艶声をもらす。

「っく、はあ、あぁあ……。ん、はぁはぁ……」

着物の前合わせが徐々に左右にひろげられていくのがわかる。

すでに豊かな胸の谷間があらわになり、乳首の淡い色が今にも見えそうな場所まで胸もとをはだけられてしまっている。

やがて、彼のキスは、彼女の乳房にまで到達した。

その柔らかな肉にわざと赤紫色の印がつくように、思いきり吸いついてくる。

「あうっ。あまり、痕残してはだめじゃ。皆には内緒ゆえ……。あ、あはぁっ。ン、あぁああっ」

肇の身体の下で恥ずかしげに心梨はもがくも、もがけばもがくほど着物が着崩れてゆく。

引き締まったふくらはぎや太腿が裾から露出してしまい、すでに淡い桜色の乳首もわずかに着物から顔をのぞかせている。

「あぁ、はあ……。肇……」

目もとを朱色に染め、キスマークが刻まれた白い胸を上下に弾ませながら首を横に傾けた心梨からは、恥じらいと色香とが混ざり合って匂いたっていた。

そんな彼女の清らかながらも悩ましい姿に肇は昂ってしまう。

綺麗なものであればあるほど、それを支配してめちゃくちゃにしてしまいたいという恐ろしいまでの欲求が肥大する。

奮い立った肇が、彼女の乳房を左右から中央へと寄せて、尖《とが》った乳首を交互に舐めしゃぶり甘噛みをはじめた。

くにくにと噛んでは、噛んだまま、桜色の頂をゴムのように引き伸ばしてみる。

「ンっ。っく。はぁはぁ、あンっ。あぁぁっ、んぅっ」

彼に貪欲に求められているのが伝わってきて、心梨の興奮も高まってくる。

彼女は、顔を右へ左へとそむけつつ、可愛い喘ぎ声をあげつづけた。

すでに、火照《ほて》った奥のほうから熱い蜜が滲みでてきていることを感じる。しとどに濡れ、ぬるっとしたショーツが秘所に張りついてしまい、ひどく居心地が悪い。

(あ、ああ……。こんなにも肇……。私が欲しかったのか……)

今は誰の目もない。ただ一人の女としての悦びが彼女の胸を満たしていた。

だからこそ、別に恥ずかしがらなくてもいいのに、それでもやはり、身体を求められるのは恥ずかしくてならない。

勝手に甘やかな声がもれでてしまい、普段の自分と乖離《かいり》したもう一人の自分に戸惑ってしまう。

「んっ。はあはあ……。あっ、そんなっ、は、はぁはぁ」

乳首を舌で弾いて吸ってやるたび、ぴくぴくっと小さく痙攣《けいれん》して愛らしい反応を見せる彼女の甘いおっぱいを堪能しつつ、肇は先走る想いで着物の裾のなかへと早速手を差し入れた。

「やっ! あ、あぁっ、だ、だめっ」

まだ、さほど愛撫されてもいないのに、すでに恥ずかしいほどに濡れているのに気づかれたくなくて、心梨は小さく悲鳴をあげる。

内腿をきつく閉じ、彼の手の侵入を阻もうとする。

だが、そのささやかな抵抗も、牡を煽りたてるスパイスにしかならない。

肇は、太腿の間に手をねじこみ、彼女のデルタ地帯を指先でくすぐってやった。

粘ついた薄布の舌に熱く火照ってしこった肉真珠を感じる。

ささやかな刺激がちょうどショーツ越しにクリトリスを刺激し、甘い快感が彼女の中心を貫いた。

「あ、っはぁはぁ。あ、あぁああっ。くすぐったい……。だめと言うに……」

「でも、ここ、もっとくすぐって欲しいって感じになってるけど？　ほら、すごくひくついてるし。蒸れてるよ」

指先を肉に埋め、ショーツ越しに円を描くように、だんだんと指の動きをねちっこくしてゆく。

まるで蜜を塗りこめていくかのようなその動きに、彼女の反応はさらに熱を帯びたものへと変化する。

「ンっ！　あ、あはっ、う、あぁん。はぁはぁ、あぁ、そ、それはっ！　先ほど、は、走ったからで……。あぁああっ……」

股間の蒸れを指摘され、懸命に言いわけをする心梨だが、肇がぷくっとした肉突起を人差し指の腹で強めに揺すぶってやると、可愛い喘ぎ声はさらに悩ましいトーンを帯び、ヴァギナがいやらしく蠢《うごめ》く。

「はあはぁっ。ん、はぁはぁ……。あふっ、っく……」

何度も何度も目を見開いて、時折、心梨は身体をびくつかせる。

肇は、人差し指一本でこうも彼女が変わるなんて、不思議でならない。

しかも、最初にした頃よりも、ずいぶんと彼女は感じやすくなっているように思う。

明らかにイクのが早くなり、その様もよりいやらしく激しくなっている。

「運動したくらいでこんなにならないと思うけど。こんなに……。濡らして……」

もっといろんなことをしてみて、もっともっと辱しめたい、感じさせたい。彼女の身体をいやらしい色で染めきりたい。

そんな衝動に駆られ、肇は、ショーツの隙間から二本揃えた指を差し入れると、膣内へと忍びこませる。

「っきゃ、あ、あううっ！　や、あぁああっ。はぁああんっ！」

指が侵入してくる感触に身体を強張《こわば》らせ、心梨は目を思いきりつぶる。

愛蜜にまみれた肉が、彼の指二本を咥えこんで、粘着質な音をたてる。

「はあ……。すご……」

なかに挿入《い》れた指を交互に動かしてみると、水音はさらに大きくなる。

「あぁっ。やっ、音、あ、あぁ、音はっ……」

陰部から音がもれでてきて、その音に心梨は苛《さい》まれる。

（こんなにいやらしい音がいっぱい出てしまうなど、恥ずかしいっ、死ぬ）

これればかりは、どれだけ努力しても声のように抑えることは叶わない。

心梨は唇を嚙みしめて激しい羞恥に身悶える。

その切ない表情を見つめつつ、肇は鍵盤を叩くように指を動かして愛液をよくよく攪拌《かくはん》したかと思うと、不意に思い立ってなかで指を曲げて鉤状にしてみる。

「きゃっ！　はっ、ふぁっ、ふぁあああああっ！」

指先にざらついた壁を感じた途端、心梨が大きくのけ反って口を大きく開く。

Ｇスポットと呼ばれるその場所を、肇は力をこめて抉りつつ、手首をまわして指でかきまわしてみる。

ぐちゅぐちゅというくぐもったいやらしい音がして、なかから白みがかった蜜がさらに溢れてきた。

「ンンっ！　あ、っふ、う、はぁはぁ……。あ、そこっ、あ、あふっ、いきなり……。はぁはぁ、あ、あぁあああン」

身体をしならせた心梨が、甘い声を堪えつつ、眉をひそめて肇の瞳を困惑げに見あげてくる。

「すごい。もうとろとろになってる。ちょっと胸いじっただけで」

ラブジュースが指を伝わり落ち、鉤状に曲げた指の根元へ溜まり、さらに手のひらから溢れでて手首まで濡らしていく。もうすでにそこは洪水状態だった。

「あうっ。そ、そんなこと、い、言うでないっ。だって肇が──」

「だってもう後ろにまで沁みてるんじゃ？」

そう言うと、肇はいったん指を抜いて蟻《あり》の門《と》渡《わた》りを濡れた指でつっとなぞりつつ、やがて尻穴へと触れた。すでにそこも愛液にまみれ、水蜜桃のようなヒップをくるんだショーツもひんやりと濡れている。

「すごい。やっぱり沁みてるし……」

指先で菊座に蜜を塗りこむように動かしてやると、心梨はこれまで以上にあわてふためき、彼の手を制止させようと身体を左右によじった。

「ひっ！　ぁあっ！　なにをっ！　そこはっ、違っ⁉」

「ん？　いいの？　ここも」

肇がアヌスの皺を丹念に伸ばすように動かしてみると、さらに彼女は反対側へと身体をよじり、たわわな乳房がたゆんっともどかしげに揺れる。

「そ、そんなことはっ！　あぁあっ。んはぁっ、はぁはぁ、誰も言っておらぬが」

「でも気持ちよさそうだし……」

きつくすぼんだ菊穴を蜜で濡れた指の腹でほぐしてやる。

すると、心梨はひくりと初々しい反応を示して目を閉じた。

が、その表情は苦悶に歪んでいる。

「いやいやぁあっ。そ、そんなトコ。き、汚いに決まってる……。あ、やめ……。あ、はぁはぁ……」

前をいじられるのともまた異なる感覚だった。ひどくささやかで、よくよく注意していないとわからないほどの地味な快感にもかかわらず、じっくりと沁みてくる。

「やぁああああああぁぁあああ！　ンンンっ！」

突如、心梨が目を見開いて鋭い声を発した。

彼女が後ろの穴でも感じていると感じ取った肇が、ついに人差し指を第一関節まで、尻穴のなかへとめりこませたのだった。

心梨は、口を大きく開ききったまま、全身を強張《こわば》らせる。

「かはっ。あ、っく、あ、痛い、痛ぁっ。ンンっ。や、はぁあああ」

脂汗が額を濡らし、前に指を入れられるのとは段違いの痛みが襲いかかり、彼女は身動き一つするのすら怖く感じる。呼吸すらうまくできなくなってしまう。

苦悶に歪む彼女の顔にそそられた肇は、痛いほどに漲りきった半身がさらにいきり勃つのを感じつつ、サドっ気をあらわにしてこう言った。

「きつい……。こっちもいいんだ。心梨、お尻でも感じるんだ？」

「ち、違うっ。い、痛いだけ、あっ。ン……」

本来、挿入《い》れるべきところではない場所を弄《もてあそ》ばれて恥ずかしい声を出してしまうなんてと心梨は必死に彼の言葉を否定する。

だが、どうしても時折甘い声が混ざってしまうのを堪えられない。

「でも、ほらこうすると……」

「あ、あ、あぁあああっ、はぁああ、やあっ、やぁああぁぁっ」

熱くてつるりとした直腸を感じつつ、肇が指先をなかでくねらせた途端、心梨は思わず叫び声をあげてしまい、あわてて口もとを覆った。

ふーふぅーっと荒い呼気を静めようと深呼吸を繰りかえすも、赤く焼いた鉄芯を埋めこまれ、それで尻穴を掘りまわされたような痛烈な感覚が彼女を悩ませる。

「気持ちよさそうだ……。すごくエッチな顔してるし。心梨」

「は、肇っ。そんなに……。苛めるなっ」

喘ぎ喘ぎ目を潤ませて大胆な彼の愛撫に抗議する心梨だが、そのまなざしには妙に熱がこもっている。

「苛めてほしいんじゃないの？」

「そ、そんなはず……」

サドっ気の滲みでた肇の瞳に射すくめられ、そんなことを言われてしまうと、胸の奥底から顔をのぞかせた彼女の本能が疼いてしまう。

その証拠に心梨は彼の言葉を完全に否定できずにいる。

（わ、私は、肇に苛められるのが好きなのだろうか!?）

胸の内で自分へと問いかけてみる。苛められるのが好きだなんておかしいんじゃなかろうかという固定観念が彼女を悩ませる。

と、そうこうしているうちに、肇がようやく彼女の菊座から指を引き抜いた。

狂おしい痛みとわずかな疼きにも似た快楽から解放され、ほっと安堵の表情を浮かべる心梨。

だが、すぐにその表情は驚愕の表情へと変貌を遂げる。

「っきゃ！　は、肇!?　な、なにを——」

まさかと思うが、袴をもどかしげに脱ぎ散らかした肇が彼女の腰をいつもより深く抱えこみ、なんとおま×こではなく、アヌスへと亀頭を添えたのだ。

「こっちもしてみようか？　心梨」

「や、だ、だめっ！　ゆ、指でもつらいのにっ。そんなのっ、絶対に入らない」

「やってみなくちゃわからないし……」

上ずった声で言いながら、張りつめた先端をぐいぐいと押しつけてくる。

いくら、先ほど指でほぐされた菊座とはいえ、健やかに育ちきった肉棒をそうやすやすと受け入れられはしない。

「ああぁああぁあっ」

「だ、だからっ！　む、無理と言っておるだろう。きゃっ、あ、あぁっ、や、やめ、ああぁああぁあっ」

「大丈夫。少しずつめりこんできたし……」

ほころびきった上の秘裂から幾筋も伝わり落ちてくるラブジュースが亀頭を濡らしてゆく。

それを見た肇は、手のひらにそれを受けとめてから肉竿へとまぶしてやる。

「よし、これで滑りがよくなったから入る、かな？」

「きゃあ、ぁああぁああぁあっ！　だめぇええだめぇえええぇえっ！」

肛門が軋むような感覚に半狂乱になった心梨が子供のように喚く。

（そんなっ、さ、裂けるっ。裂けちゃうっ!?）

逃げだしたい衝動に駆られる一方で、彼の想いの丈すべてをしっかりと受けとめたいという気持ちもある。相反する情動が彼女の胸をかきむしる。

「あっ！　っく、あぁっ。肇ぇえっ。あ、あぁあっ」

壊れてしまったおもちゃのように身体をがくがくと震わせながらも、健気に彼の名を呼び、侵入に堪える彼女をいとおしげに見つめつつ、肇が、いっそう熱をこめて体重をかけて尻穴へとのしかかると、ついに亀頭がぬるっとアヌスのなかへと滑りこんで姿を消した。

「ひっ！　あぁああっ！　やっ。あ、あ、あぁっ⁉」

大きくふくらんだ肉傘によって菊座を無理やり割り開かれた心梨は息をつまらせ、目尻に涙を浮かべた。

指を入れられたのとは比べものにならない痛みと猛烈な痒みとが彼女を責めたてる。

「ひあっ。あかっ、うくぅうっ。あ、あぁああっ。痒っ。痒いっ。い、痛い……。あ、あぁあああ」

唇をわななかせて、心梨は首を力なく横に振る。必死の形相で畳へと桜色の爪を立ててしまう。真新しい畳が毛羽立ち、爪が白くなる。

「うくっ。熱くてつるつるで……。締めつけがすご……」

一方、肇もペニスを彼女の尻穴の奥深くへと埋めつつ、未知の感覚にうめき声をもらしていた。

前に差し入れるのとはまた違った感触だった。

おま×こよりも強く食んでくるにもかかわらず、直腸の壁に凹凸《おうとつ》はない。つるんとした熱い内膜が張りついてくる感覚に異様なまでに興奮してしまう。

しばらくして、ようやく根元まで男根がアヌスのなかへと収まった。

「心梨……。大丈夫？」

「はっ、はっ、はっ、はぁっ。あ、うぅうっ。だ、大丈夫じゃない！　い、息がうまくできぬっ」

「深呼吸してみて。深く……。そう……、形だけでもいいから」

「そ、そんなのできていたらとっくにしてるっ。ん、はぁはぁ……」

口では強気なことを言うものの、彼女は慎重に息を吸っては吐いてという行動を繰りかえしはじめる。

「あ、そんな感じ。ちょっと緩んできた……。これなら動かせるかも」

彼女のアヌスの変化を感じ取った肇がそう言うと、彼女の腰骨に手を当て、腰を抱えこんで慎重に動きはじめた。

「う、あぁぁあああぁぁあっ！　やっ、あ、あ、あ、あンっ。はぁはぁ……」

極太のペニスでアヌスを蹂躙《じゅうりん》され、追いつめられた心梨はぎゅっと目を閉じて痛みに堪える。

処女を失った時の痛みをさらに上まわる痛みと、前に挿入された時には感じようもなかったむず痒さが猛然と襲いかかってきて、とても長くは堪えられそうにない。

「くっ、ふっ……。痛ぁっ……。あ、あぁぁあぁ……」

顔をくしゃくしゃにして、心梨は身体中を痙攣《けいれん》させる。

全身に汗が滲み、彼女の肌がしっとりと真珠のような淡い光沢を放っている。

額に、真っ赤に染まった顔に数本髪が張りついている。

（あ、あああ……。壊れて、壊れてしまう……。こんなとこ……）

狂おしいほどの痛痒さに堪えていると、じきに引き抜かれる時になんともいえない快感が生まれでてきた。

「あ、あ、あああっ。いっ。んんっ……」

苦痛の表情がわずかに緩んだのを見てとった肇が、だんだんと腰の動きを大胆にしてゆく。

「かはっ！　あ、あぁっ。ん、あぁああっ。お尻がっ、あぁああっ、壊れっ。あぁあああん、んはぁああ……」

やがて、充分に解された尻穴を肉槍がリズミカルに往復しはじめた。

何度も力強くアヌスに灼熱の棒を突っこまれてはかきまわされ抉られるたび、心梨の頭の芯はぼうっと蕩《とろ》けてしまう。

「んぁはっ。はぁはぁああっ！　あ、ンっ。あぁあああっ。や、やぁああ、痒いのっ。痒いっ。あぁああっ！　痛っ。気持ちいいのぉっ！」

狂おしい痛みと痒みと甘い疼きとが混ざり合い、ひっきりなしに彼女の理性を打ち砕いてくる。

アメとムチよろしく、尻穴が裂けてしまうかもと思《おぼ》しき痛みが訪れたかと思えば、ひどい痒みが襲いかかり、その後、じんわりと悦楽が下半身を中心にひろがってゆく。

まるで想像もつかない感覚が混ざり合って、今まで達したことのない領域へと彼女を追いつめてゆく。

「んはぁ、んはぁああっ！　あぁああっ。もう、やぁあああっ。わけわからっ、ない。あぁああ、肇ぇええ、肇ぇぇえええっ！」

心梨は、肇の名前を何度も呼び、大きな胸を左右に波打たせて全身で今味わっている愉悦を表わす。

（すごい……。あの局長が俺のでこんなになるなんて）

冷静な彼女の面影はすでになく、彼女が身悶え狂えば狂うほど、肇の抽送は熱を帯びてゆく。

ずっずっずっという鈍い音をたて、二人は激しく交わりつづける。敏感な粘膜同士が擦り合い熱を帯びていけばいくほど、二人の体を昂らせてゆく。

肉棒も内膜も熱く脈打ち、真冬ならば湯気が出るのではと思えるほど。

しばらくして、心梨が背中をのけ反らせると、涙を流して鋭く喘いだ。

「あぁぁああっ！　も、もうっ。やぁあああっ。んあぁっ。はぁっ。やぁあああ、あ、あぁああっ。お尻なのにっ。イクっ。イッちゃううううっ。ん、あぁああああ！」

彼女が激しいエクスタシーの波に攫われてゆくのを確認した肇は、尻穴へと最後の一撃を力づくで叩きこんだ。

刹那、尻穴がきゅうっと目いっぱいすぼまってなかで張りつめきったペニスを絞りあげたかと思うと、尿管から白い精液を吸いあげる。

びゅるびゅると尻穴に全精力を注ぎこみ、肇は彼女とつながったままその場に腰をおとすとがくりと首を折った。

「あ、あぅっ。あぁ……。うぅう……」

硬直を解き四肢を放りだすと、心梨は胸を大きく上下させ、エクスタシーの余韻に浸る。時折、腹部が痙攣《けいれん》する様が、彼女が深く達したことを物語っている。

「……心梨」

彼女の顔を心配そうに覗きこむと、心梨は彼へと力いっぱい抱きついてきた。

「あ、阿呆っ。びっくりしたではないかっ」

言葉面《づら》はいつもと変わらないが、かれた声で語調も弱々しい。さらには、ついさっきまで自分を攻めていた本人であるにもかかわらず、彼女はなりふりかまわず肇に思いっきり甘えてくる。

「ごめんごめん。でも、心梨の全部が欲しくなって」

「ううう……。見かけによらず貪欲なのだな」

「心梨のことに関してはそうみたい、かも」

「わ、わわ、私のことに関して、だけ？」

心梨は、動揺を駄々もらせて声を上ずらせた。

「うん。もっともっと気持ちよくさせたいし……」

「っうぅっ。だ、だが、あれ以上はどう考えても無理であろう？」

乱れた息を整えつつ、ぐったりと身体を弛緩させた状態で、戸惑いの声をあげる。

だが、その戸惑いにわずかばかり期待が混じっているふうにも肇には聞こえる。

「そんなによかった？」

「むぅう。よっ、よい悪いではなく。あれ以上やったら死んでしまう」

「でも、まだまだいろいろ試してみたいことがあるんだけど」

悪友のおかげで、そういった方面の知識だけは豊富な肇がそう言うと、心梨は顔をさらに染めて口ごもってしまう。

「ううぅう……。ま、まだまだすごいのか……」

「いや？」

「い、いやでは、ないが……。だけど、どうなってしまうか……。あうう……」

自分が自分でなくなってしまうような気がして怖い一方、好奇心と甘い期待とをくすぐられ返答に困る。

「じゃ、いいね。俺も楽しみだし」

「う、うぅむ……」

肯定とも否定ともとれるような声を出した彼女の頭や背中を撫でさすってやりながら肇は無邪気に笑み崩れる。

と、その時だった、二人のお腹がぐぅっと同時に鳴った。

「む。な、なんじゃこんな時にっ!?　むぅどが台無しでないか」

自分の腹部を恨めしそうに睨みつける心梨が肇にはおかしくてならない。

「まあまあ。ほら、せっかく心梨が作ってきてくれたおにぎり、食べよっか」

「う、うむっ。食べるのは、少々怖くもあるがな」

「……自分が食べるのを危惧《きぐ》するようなものを食べさせようとしてたのか」

恐ろしいものを見る目つきで肇が彼女を見ると、彼女は小さく舌を出して、首をすくめてみせた。

「こういうものは、作った想いこそが大事じゃろ？　そこだけはばっちしじゃ」

3　大浴場エッチ

「——カレンさん」

「ん、なんですの？」

「俺、思うんスけど、こういうのは逢引とは言わないんじゃ？」

「汗水流して鍛錬する！　力と汗がぶつかり合えば熱い友情が芽生えるのでしょう？その先にきっと恋とやらもありますわ」

「……つくづく漢《おとこ》っスね」

「あら、そうですわよ。なんせ、私、新撰組の副長ですし」

一方、肇と心梨が甘やかな時間を過ごしている頃、善雄とカレンは、隊士たちが出払った道場でひたすら剣の修業に明け暮れていた。

「いやぁ、まさか逢引にしごきが待っているとは……」

木刀で激しい打ち合いを行い、あちこち打ち身だらけになってしまった善雄は汗みずくになった額を道着の袖で拭う。

「だって、この私の彼氏になるのでしょう？　早く強くなってもらわねば、ね」

背中にまばゆいばかりの薔薇《ばら》を背負って、高笑いをする彼女を見あげた善雄は、まあ、それももっともだと思いつつ、まだまだ負けるものかと立ちあがろうとする。

すると、彼女が手を差し伸べてきた。

「ども」

汗ばんだ手を握りしめ、善雄がその場に立ちあがる様を満足そうに眺めつつ、カレンはいたずらっぽくこう言った。

「まあお待ちなさい。お楽しみはこれからですわ」

「はあ……。でも、ここ屯所ですし……」

「まあ、いらっしゃいなさいな。灯台下暗しと言いますでしょう？」

カレンは善雄を軽々と横抱きにして、道場をあとにすると宿舎へとつづく渡り廊下を勇ましく歩いてゆく。

背筋を伸ばして悠然と歩く様は本当にかっこよく絵になる。

（つくそぉ。いつか、いつか追いついてやるっ。本物の男になってやる）

善雄は内心悔しがりながらも、お姫様のように彼女の首に手をまわして振り落とされずにいるのが精いっぱいだった。

しばらくして、カレンは足をとめて言った。

「さあ、着きましたわ」

「え？　だ、大浴場!?」

そこは、なんと屯所の大浴場だった。カレンがドアを開くと、湯煙が立ち昇り、なみなみと湯が張られている様子が見てとれる。

「ふふふっ。男子風呂まではさすがにないですから、いつも井戸で水浴びだけでしたでしょう？」

カレンは、胸を張って得意げな笑みを浮かべる。

「うおおぉお、久々のあったかい風呂！　でも、こんなことして大丈夫なんです？」

大浴場は、普段は少女隊士たちが使っている。善雄たちにとっては禁断の花園エリアなのだ。

「ふふっ。工作はばっちりしてますわ。副長権限を甘く見ないでくださる？」

「う、おぉおおおぉおお！　贅沢だ、贅沢すぎる！　ひゃほー」

先ほどまでぐったりとしていたにもかかわらず、善雄は元気よく床へと降り立つと、脱衣所に袴と道着をかなぐり捨てて、裸で大浴場へと飛びこんでいった。

無邪気な子供を見守る母親のようなまなざしを向けると、カレンも羽織を脱ぎ、着物の帯を解いてゆく。

「ふわぁあああ。熱ぃ！　マジヤバイ。マジ生きかえるっ。生きててよかったぜぇ」

いったん頭までつかると、善雄は水浴びをしたあとの鳥のように頭を横に振った。

水滴が派手に飛び散る。

「……大げさですわね」

と、苦笑しながら、タオルを身体に巻いたカレンが浴槽のなかへと入ってくる。

「……ぶっ！」

思わず、善雄は彼女を凝視してしまう。

髪をアップに結《ゆ》いあげ、細い首に絡みついた後れ毛が大人の色香を放っている。

それに加えて、滑らかなラインを描くうなじに、浮き彫りにされた細い鎖骨。タオルに縛められたおっぱいから視線を逸らすことができない。

「ん？　どうしましたの？」

「や、べ、別に……」

あわてて余所を向くと、それでも名残《なごり》惜しげに彼女の爆乳を見つめる。

白い薄手のタオルが濡れて、乳房へと張りついていた。乳突起の形までくっきりと浮きでてしまっている。

たちまち、善雄の半身はここぞとばかりに反応してしまう。

だが、彼はタオルで下半身を覆うことすらしていなかったため、隠そうにも手で隠すほかない。

しかし、それもあからさまで恥ずかしい。

善雄は彼女に背を向けると、どうか気づかれないようにと祈るのみだった。

しかし——

「どうしたのって聞いてますわよ？　返事は？　善雄」

不意に背中にむにゅりと押しつけられる弾力たっぷりのおっぱいを感じ、善雄はその場に固まってしまった。

タオル越しにではない。そのリアルな感触は生のおっぱいならではもの。

たっぷりの柔らかな乳房がへしゃげて張りつき、それとは対照的な硬い蕾を二つ背中に感じる。

(た、タオルとったのか……)

背後から迫ってきた彼女の裸体を想像して、善雄はごくりと生唾を呑みこむ。背中に張りついたおっぱいがどんな状態になっているのか想像するだけで肉棒の体積はぐんぐん増してゆく。

つづいて、しなやかな腕が彼の体を背後から抱きしめてくる。

「か、カレンさんっ」

「今はカレンでいいですわ。だって私たち恋人同士なんでしょう?」

「こ、こ、恋人っ!?」

「だって、好き合う者同士はそうだって、うちのコたちも言ってましたもの。あら、違いますの?」

熱い吐息が善雄の耳たぶと首筋にかかり、よく手入れの行き届いた長い爪が善雄の顎をくすぐってくる。

「いやっ! 違いません! 恋人です」

「なら、カレンと呼びなさい」

善雄の耳もとで甘く囁《ささや》きかけると、カレンは彼の乳首を指でいじってくる。

「うっ。ど、どうしたんスか？　なんか積極的っていうか……」

「逢引のつづきをするだけですわ。それって、こうするものなのでしょう？」

「それも隊のコたちが言ってたんスか？」

でぇというものがどんなものか、事前にリサーチしていた彼女の姿を想像すると、それだけで善雄はおかしくなってくる。

「む。なにを笑っていますの？」

そんな彼の様子にむっとしながらそう言うと、彼女はもう片方の手を彼の下半身へと運んだ。

すでに湯のなかで屹立しきってしまった勃起に触れて、一瞬驚いたように手をとめたカレンだったが、やがて思い直したように優しく擦りたてはじめる。

太い血管の凹凸《おうとつ》が手のひらに感じられる。

「もうこんなにして……。まだキスもしてませんのに」

言いながら、乳首をいじっていたほうの手で彼の頭を横に向かせると、背後から貪るようなキスをしてくる。

「っちゅ、ん……。はぁっ。あぁっ。ンっ」

滑らかな舌同士を絡ませれば絡ませるほど、手首のスナップが利《き》いてきて、下半身のこわばりがさらに増幅していく。

「はっ。あ、っく……。カレン……」

「ふふふ。ようやく名前で呼んでくれましたわね」

カレンは、たっぷりの乳房を彼の背中に押し当てて左右に揺すって微笑む。

水しぶきをあげつつ、むちむちの柔らかな肉が背中でへしゃげ、硬くなった乳首もろとも転がるからたまらない。

ついに、我慢できなくなった善雄が後ろを振りかえると、彼女の胸を両手で握りしめ、指からはみでる白い肉を揉みしだきながら荒い息を繰りかえす。

「あっ。あぁあっ。ンっ。はぁはぁ……。あぁあ」

乱暴に形を変えつづける自身の乳丘を見つめたカレンは、彼を抱きしめると、湯のなかで直立したペニスへと腰をおろしてゆく。

乳房が彼の目の前で揺れたかと思うと、彼の顔に押しつけられる。

視界をさえぎられたため、触感にのみ集中してしまう結果、柔らかな襞が敏感な先端に触れ、刀身を呑みこんでいく逐一を善雄はよりいっそう強く感じてしまう。

「う、あぁっ。か、カレンっ。っく、あぁっ！」

戸惑う善雄が可愛くて仕方ない。カレンは腰をなまめかしくくねらせると、眉をハの字にして体重を預けてゆく。

彼女の動きに合わせて、大ぶりの乳房が左右に揺れ、湯を跳ねては善雄の頬を左右からビンタする。

「っく！　あ、あ、あぁっ。入って、くるっ。ンンっ。あ、あはぁっ……」

カレンは、熱い湯よりも滾った灼熱の棒がなかへ奥へと食いこんでくるのを感じつつ、陶然としたため息混じりの喘ぎ声を紡ぐ。

彼女自身は、彼の愛撫を受けたわけではないため、まださほど濡れていない。

だからこそ、いっそう摩擦を強く感じ、太く張りつめた肉棒に責められる感覚を味わえる。

「んっ。っく……。はぁはぁ、はぁはぁ……。あ、あふっ。太い……。あぁ」

柔らかな秘所を限界までひろげられて身体を割り開かれ、子宮口まで攻められる感触にぞくっと身震いする。

「カレン。っく、これもまた、誰かからの入れ知恵？」

頬を紅潮させて息を弾ませる善雄に彼女は妖艶に笑ってみせる。

「いいえ。これはしてみたかったからしてみただけですわ」

「ぐ、エロ……」

「んふふっ、だって、善雄って苛め甲斐があるんですもの」

彼の肉棒を深々とヴァギナに咥《くわ》えこんだまま、カレンは豊乳を下から持ちあげて両方の乳首で善雄の頬をくすぐった。

「い、苛めるって――」

善雄がそう言った途端、膣内に穿《うが》たれた半身がびくんっと反応してしまい、カレンが驚きの声をあげる。

「あンっ、もう……。エッチなのは善雄もでしょう?」

切れ長の瞳を細めると、彼女は括約筋に力をこめて、腰を上下に動かしはじめた。

「お望みどおり苛めてあげますわ……。ほら、あ、あぁっ。ンっ。イィっ。んぁっ、イィの。あぁああ、はぁはぁ。すっごくおっきぃ。あ、あぁっ。ンぁあっ」

彼の反応を楽しみながら腰を上下に弾ませて、細い体軀《たいく》をしならせる。

たわわな乳房が上下にぶるぶると揺れ動いて水面を叩いては水しぶきをあげる。時折、柔らかな丘がたわんで彼の頬をもはたいてゆく。

彼女が上下に動くたび、湯に濡れた髪が翻《ひるがえ》り、彼女の胸や鎖骨や首筋に張りついて悩ましげな様相を呈す。

(くあっ。し、幸せすぎるっ。おっぱいびんた……。おっぱいで撲殺されるなら本望すぎる……)

天にも昇る心地で目を細める善雄に挑戦的なまなざしを投げかけつつ、カレンはさらに腰の動きを大胆にしてゆく。

「ンっはぁあっ。あぁっ、いいっ。ン、いいのっ。あ、あぁ、善雄っ……」

いったん腰をあげると、入り口まで亀頭を引っかけ、抜けるように見せかけては、再び体重をかけて思いっきり最奥を穿《うが》たせる。

半身が抜けてしまいそうになるたびに、残念そうな顔をし、一番奥まで深々とペニスが貫いた時には心地よさげにうめく善雄の反応が彼女のサドっ気を誘う。

背筋を這いあがる鮮烈な快感に酔いしれながら、彼女は傲然と言い放つ。

「どうしましたの？　善雄。気持ちよさそうですわよ？　もう、すぐにイッてしまいますの？　こらえ性がありませんわよ」

「くそっ。お、俺だって——」

一方的に攻められるのもいいが、それでは男が廃《すた》る。そう思った善雄は、立場を逆転すべく、彼女の腰骨に手を添えると思いきり腰を真上へと突きあげた。

「きゃあぁっ！　くぅっ。あ、はぁはぁっ。あ、ン、いきなりっ……。あぁっ」

ああ言えば、きっとこう来るだろうというカレンの予想どおりの動きではあったが、その野太い一撃は想像以上のものだった。

（奥っ、あぁっ、奥がっ……。痺れてっ。変な感じがっ）

Gスポットを抉られ、次に最奥を力いっぱい突きあげられた途端、彼女の脳裏で白い電流が弾ける。

「んはっ！　あ、あぁあああああっ！」

一撃で達してしまったカレンは、がくっと首を折ってから、うつろな瞳で善雄をぼんやりと見つめる。

蜜壺が強いうねりを見せたあと、きつく収縮し、ペニスを絞りあげた。

「……はあはあ。ズルい、ですわ。こんなの。急に……」

首筋を斜めにくっと反らして、カレンは眉を切なげにひそめる。

「でも、いきなりしてきたのはカレンだし。俺だってやられっぱなしじゃない」

そう言うと、彼女の胸の谷間に顔を埋めたまま、善雄は猛烈な勢いで腰を上下に跳ねはじめた。

「んっ！　あぁっ。あぁぁああっ。あはっ。ん、んあぁっ」

上半身をよがらせ、甘い声をあげつづけるカレン。

蜜壺は獰猛《どうもう》な侵入者を食《は》みつづけ、亀頭に子宮口が突きあげられるたびに下半身全体に振動が伝わり、カレンは頭の先端から爪先まで痺れてしまう。

「はぁはぁあっ。あ、ンっ。んくっ。はぁはぁっ。あ、あんっ。あっ。イィ。イィの。善雄っ。気持ち、イィっ。あ、あンっ。はぁはぁ……」

ただでさえ熱い湯に浸かってのぼせそうなのに加えて、激しく奥の奥まで穿たれつづけ、カレンの意識が朦朧《もうろう》とし、脳の芯まで痺れきってしまう。

ぜえはあと喘ぎつづける彼女の焦点は、すでに定まらなくなっている。

「あっ。あぁああっ。んあぁああああ！　あぁっ。んあぁはぁあっ。あぁ、イクっ。あぁああ、すごくもうっ。イッてしまいますわっ」

全身をピンク色に火照《ほて》らした彼女は、ついに善雄の頭を力いっぱいかき抱いた。

それと同時に、善雄がうめくと、今まで堪えていた射精の衝動を思う存分解き放った。

彼は、竿をしならせて四度に分けてザーメンを吐きだすと、子宮を白一色に染めあげる。逆流した精液がつなぎ目から漏れでて湯船へと放たれる。

精液で白く濁ってしまうかと思いきや、それは水と油のように混じらず、生き物のように始終形を変えつづけ、湯のなかをゆらゆらとたゆたう。

「はぁはぁっはあっ。あぁっ、気持ち、いいですわ……」

カレンは、身体を弛緩させると、濡れた髪をけだるげにかきあげつつ、乱れた息を整えようと深い呼吸を繰りかえす。

激しい交わりの末、いつの間にかまとめていた髪が解けてしまっていた。

長い後ろ髪が前にも幾筋か垂れており、その濡れた髪の間からのぞくミステリアスな瞳には欲望の灯が点っていた。

「俺も……。すごかった……。てか、カレン、まじでエロいし……」

満足げな吐息を放ちながら、善雄が夢うつつといったふうに言う。

「ふんっ。あなたには負けますわ」

「いや、カレンのがエロいし」

「な、なんですって！　あなたのほうがエッチですわ！　このぅおっぱい星人！」

「おっぱい星人のどこが悪い！」

「だって、あなた、最初に会った時から私の胸ばかり見ていましたわよね！」

「あ、バレてる……」

「そんなの、バレバレに決まってるでしょう!?」

こんな微笑ましい痴話喧嘩を繰りひろげる。

「でも、カレンはそのおっぱい星人の彼女なんだけど、いいのか？」

いきなり真顔になった善雄が抜けた質問をする。

「……ん〜。そうね。考え直したほうがいいかしら？」

腕組みをして理知的な瞳を細めたカレンがそう言うと、善雄は大げさなため息をついて肩を落とす。

そんな彼を見て、くすっと笑うと、彼女は彼の頬にキスをしながら言った。

「冗談、ですわよ」

「っく、このぉ！　じゃ、どっちがエロいか対決だ！」

「望むとこですわ！」

そんなことを言い合いながら、どちらからともなく、じゃれ合うように再び体を重ねてゆく二人。

日の光が差しこむ大浴場で、恋人同士になったばかりのカップルにのみ訪れる、どこまでも甘い時間がゆっくりと過ぎていった。

エピローグ　灯籠流しの向こう側

星を妨げる雲一つない夜、空高くに銀色の満月がかかっており、夜の闇に沈む京の町並みを優しく照らしだしている。

手に手に色とりどりの提灯を持って大通りを歩いていく人ごみのなかに肇と心梨の姿もあった。

「なぜ、私を誘ったのだ?」

周囲の目を気にしつつも、肇の手をきつく握りしめた心梨が彼へと尋ねた。

緊張のあまり、何度か彼氏の手を握りつぶしてしまいそうになるのを懸命に堪えつつも手のひらには汗が滲みでてしまう。

ただ、彼氏と手をつなぐことさえシャイな彼女にとってはいまだに重労働だった。

だが、そんな不器用な彼女だからこそ、肇の心の琴線に触れる部分が多々あり、握力で手を握りつぶされる恐怖と戦いながらも、彼は始終顔を緩めっぱなしだった。

「んー、なんとなく精神衛生上いいかなと思って」

彼女の問いかけに、肇はそう答える。

「ふむ?」

果たして、二人の向かう先には、渡月橋があった。

珍しく肇のほうから心梨を逢引へと誘い、二人は嵐山《あらしやま》まで足を伸ばしていた。

折しも今日は灯籠《とうろう》流しの行事が執り行なわれる日であり、それで人々は手に灯籠を持ち寄っている。

夜空の下に横たわる黒々とした遠くの山に、大文字《だいもんじ》の送り火が浮かびあがり、幻想的な雰囲気をかもしだしていた。

「……綺麗だな」

川面一面にオレンジ色の火をともした灯籠がひしめき合い流されてゆく様を見て、心梨はうっとりと呟いた。

灯籠の灯りが揺らめく波に反射し、この世のものならぬ雰囲気をかもしだしている。

実際、この世とあの世が、この一瞬だけはわずかにつながっているのかもしれない。

そんな不思議な心地にすらなる。

二人はしばし沈黙し、川辺に腰をおろして流れゆく灯籠を見つめる。

ややあって、肇が彼女へと尋ねた。

「心梨も灯籠流しは初めて？」

「ああ……。初めてだ。そもそもこのような行事ごとには今まで縁がなかったしな」

「もったいない。京の灯籠流しっていったら有名なのに」

「そうなのか」

和紙に蓮の絵が描かれている灯籠へ灯りをともすと、二人はそれをそっと川へと押しだしてゆく。

ゆらゆらと揺れる光を見つめつつ、肇と心梨は灯籠をただ静かに見送る。

自然と厳《おごそ》かな気持ちになる。

「……成仏しますように」

肇がそう言うと、目を閉じて両手を合わせた。

そこでようやく彼の意図を解した心梨が悲しげに微笑むと、彼にならって黙禱を捧げる。

「……ああ。あの子たちが次生まれ変わる時には、平和な世であるように」

今まで斬ってきた悪霊たちの姿を目蓋の裏に思い起こしつつ心梨も祈る。

と、その時だった。

「ありがと」

不意に少女の愛くるしい声が聞こえたような気がして、二人は同時に目を開いて声の主を探す。これほどの人ごみなのだから、恐らく全然別の質問にタイミングよく答えた少女の声だったのかもしれない。

それでも——

あの悲しい子供たちの声だと、二人はそう信じたかった。

言葉にせずとも同じ想いでいることが伝わってきて、彼らはうなずき合った。

心梨が肇との距離を縮め、彼に頭を持たせかけてくる。

「今日はえらく甘えん坊だな。局長」

彼女の頭を撫でてやりながら、肇がからかうように言うと、彼女は頬を染めてふんっとそっぽを向いてすねてみせる。

「隊士たちの目がない時くらい甘えてもよかろう?」

「はいはい。存分に甘えていいよ、心梨」

「……うむ。それにしても、綺麗な月じゃな」

「うん。気持ちいいね」

二人は大文字《だいもんじ》の送り火の上に輝くまあるい月を眺め、感嘆の吐息をもらす。

「満月じゃ。満たされるというのはいいものだな」

「満たされてる?」

「まあな。心労もだいぶ減ったしな」

「心労？」

「沖田が言うには、近頃、なぜか新撰組の評判も上々らしい」

「あぁ、前はあからさまに避けられていたもんね」

「なぜだろうな？」

「さあ、なぜだろ」

心梨はそう言うものの、なんとなく肇にはその理由がわかっていた。

局長と副長のまとう雰囲気が、がらりと変わったからだ――

でも、それをわざわざ言わずにおく。

指摘した挙句、ムキになった心梨に、また元通り、鬼局長となるべく切磋《せつさ》琢磨《たくま》されても困ってしまうからだ。

「むぅ。なにを笑っておるか」

「別に。なんでもないよ」

自分のことを鬼と言い張り、凍てついた目をしていた少女が、こんなにも自分に懐いている事実が、時折信じられなくなる肇。

だが、彼女のぬくもりはたしかにそこにあり、そのことがうれしくて仕方ない。

「変な奴だな」

「どーせ井のなかの蛙《かわず》だしね。田舎モノは変なのが多いんだよ」

「……あぁ、そうそう。それなんだが、言い忘れておった」

ポニーテールをいじりながら、ふと思いついたように心梨は言った。

「ん？」

「井のなかの蛙、大海を知らず。そのあとにつづきがあるのだ」

「そうなんだ？」

「ああ、されど空の青さを知る──」

「へえ……。空の色か」

「井のなかの蛙だからこそ、わかることもある。そしてそれはずっと深いものなのだと、私はそう思う」

彼女は夜空をあおいだまま、歌うように言葉を綴る。

「よくわからないな……」

「おまえはおまえが思っている以上にすごい奴だということじゃ。その長所を損なわぬようにな。いや、私の目が黒いうちは損なわせやしないがな」

そう言って、肇の瞳をまっすぐ見つめて笑み崩れる心梨は、肇の腕を抱きしめて満たされた表情でうっとりと再び夜空を見あげるのだった。

灯籠《とうろう》の灯りがたゆたって連なる水面に、寄り添う二人の影が落ちていた。

美少女文庫
FRANCE SHOIN

乙女《おとめ》♥新撰組《しんせんぐみ》

著者／みかづき紅月（みかづき・こうげつ）
挿絵／YUKIRIN（ユキリン）
発行所／株式会社フランス書院
〒102-0072　東京都千代田区飯田橋 3- 3 -1
電話（営業）03-5226-5744
（編集）03-5226-5741
URL http://www.bishojobunko.jp

印刷／誠宏印刷
製本／宮田製本

ISBN978-4-8296-5845-1 C0193
©Kohgetsu Mikazuki, YUKIRIN, Printed in Japan.
本書の無断複写・複製・転載を禁じます。
落丁・乱丁本は当社にてお取り替えいたします。
定価・発行日はカバーに表示してあります。

美少女文庫
FRANCE SHOIN

◆◇◆ 好評発売中！◆◇◆

美少女文庫
FRANCE SHOIN

◆◇◆ 好評発売中！ ◆◇◆

美少女文庫
FRANCE SHOIN

◆◇◆ 好評発売中！◆◇◆

美少女文庫
FRANCE SHOIN

◆◇◆ 好評発売中！◆◇◆

美少女文庫
FRANCE SHOIN

◆◇◆ 好評発売中！◆◇◆

美少女文庫
FRANCE SHOIN

◆◇◆ 好評発売中！◆◇◆

美少女文庫
FRANCE SHOIN

◆◇◆ 好評発売中！◆◇◆

美少女文庫
FRANCE SHOIN

◆◇◆ 好評発売中！◆◇◆

原稿大募集 新戦力求ム!

フランス書院美少女文庫では、今までにない「美少女小説」を募集しております。優秀な作品については、当社より文庫として刊行いたします。

◈応募規定◈

★応募資格
※プロ、アマを問いません。
※自作未発表作品に限らせていただきます。

★原稿枚数
※400字詰原稿用紙で200枚以上。
※フロッピーのみでの応募はお断りします。
必ず**プリントアウト**してください。

★応募原稿のスタイル
※パソコン、ワープロで応募の際、原稿用紙の形式にする必要はありません。
※原稿第1ページの前に、簡単なあらすじ、タイトル、氏名、住所、年齢、職業、電話番号、あればメールアドレス等を明記した別紙を添付し、原稿と一緒に綴じること。

★応募方法
※郵送に限ります。
※尚、応募原稿は返却いたしません。

◈宛先◈

〒102-0072　東京都千代田区飯田橋3-3-1
株式会社フランス書院「美少女文庫・作品募集」係

◈問い合わせ先◈

TEL: 03-5226-5741
E-mail: edit@france.co.jp
フランス書院文庫編集部